AF432798

LA LOI DE LA MEUTE

Maurice Périsset & Yannick Despaux

Mistral NOIR

Publié par *Mistral NOIR*

ISBN : 9791097666507

Dépôt légal : 2025

*La violence seule peut achever

la brutalité des hommes.*

Jean Genet.

Pour toi, Maurice,

Vingt-cinq ans après ton départ, je reprends la plume que nous avions partagée. Ce roman, que nous avions imaginé ensemble, trouve aujourd'hui un nouveau souffle, mais ta présence demeure entre chaque ligne.

Je me souviens de nos discussions passionnées, de ton regard pénétrant quand tu saisissais l'essence d'un personnage, de ta patience lorsque tu m'enseignais les subtilités de l'écriture. Tu savais, avant moi, où nous mènerait cette histoire.

La route a été longue depuis nos premières collaborations. J'ai gardé en moi ces moments, cette complicité dans la création, ces instants où le monde disparaissait autour de nous tandis que nous donnions vie à nos personnages.

En relisant ces pages, en les adaptant au monde d'aujourd'hui, c'est encore ta voix que j'entends, tes conseils que je cherche. Cette histoire reste la nôtre, même si le temps a passé.

Merci pour ce que tu m'as appris, pour la confiance que tu m'as accordée.

Yannick

Un bref orage avait fait fuir les touristes et l'île de Mirande reprenait son aspect de châtaigne prisonnière de sa bogue, c'est-à-dire son aspect humain. Ses habitants retrouvaient libérés ses faux poivriers exubérants et ses eucalyptus égarés parmi les rochers. Le décor était redevenu naturel et solitaire, comme ses vastes étendues de sable, mollement ou furieusement caressées par la mer.

C'est à la fin de l'été précédent que les îliens avaient découvert, avec une surprise mêlée d'appréhension, que la maison du guetteur était à nouveau occupée.

— La maison du guetteur, tu te rends compte ! Ça fait combien d'années qu'elle était plus habitée ? Faut être dingue pour aller s'installer dans un coin pareil !

— On sait qui c'est ?

— Nan. Mon gamin a vu les volets ouverts et il a pas osé s'approcher. Il a entendu des bruits bizarres, comme plein d'oiseaux qui chantaient en même temps.

— Il a vu autre chose ?

— Un mec d'une quarantaine, peut-être cinquantaine d'années, apparemment.

— Tout seul ?

— Ouais. Mais mon gamin s'est barré vite fait.

— Faudra qu'on aille jeter un œil.

La maison du guetteur. À l'est, tout au bout de l'île, derrière ce qu'il restait d'immenses arbres décharnés souvent par la foudre, une baraque d'un seul étage, aux murs épais, qui tenait plus de la forteresse, fût-elle minuscule, que de la maison de vacances. Aux dires des vieux habitants de l'île, un original l'avait fait construire au temps où Mirande n'était pas encore devenue un parc d'attractions pour touristes, où elle était simplement un océan de verdure et de paix pour des privilégiés qui n'avaient pas conscience de l'être, propriétaires vinicoles pour la plupart, petits rentiers, commerçants et, plus loin, déjà attraction, une villa cernée d'arbousiers où, une partie de l'année, un romancier passait des heures devant son ordinateur; le cliquetis du clavier qu'on entendait du chemin n'avait intrigué les curieux qu'un temps.

Loin du village proprement dit, difficile d'accès, la maison du guetteur et son nouveau propriétaire furent l'objet des conversations pendant quelques jours puis, sans hostilité, les îliens avaient toléré, sinon accepté, la présence de son unique habitant.

— Il s'appelle Raphaël Delaunay, avait dit la postière, qui avait lu son nom au dos du courrier, adressé par lui régulièrement à Paris. C'est un beau mec, un peu bizarre, si tu vois ce que je veux dire. Bonjour, bonsoir, et c'est tout. J'ai essayé de discuter avec lui, mais il répond à peine. Pourtant, j'ai vu qu'il pouvait être différent. Une fois, une vieille dame lui a demandé son aide pour porter un colis, et il est resté dix minutes à l'écouter parler de ses petits-enfants. Alors qu'avec moi... Comment tu veux parler à quelqu'un qui te laisse en plan...

Les premiers temps, Raphaël attirait tous les regards. Quarante-cinq, cinquante ans ? Peut-être moins. Une chevelure en épis d'un châtain clair avec quelques fils gris aux reflets de cuivre sous le soleil, qui embellissait un front haut, des yeux immenses d'un bleu-vert, dont il était difficile de soutenir le regard insistant, qui obligeait les indiscrets à baisser le leur, une bouche sensuelle mais qui tombait un peu aux commissures, en fait un visage secret, fermé presque, et dont la disharmonie accentuait curieusement le charme. Des rides marquées aux coins des yeux et sur le front trahissaient des années de souffrance silencieuse. Il ne souriait guère, répondait cependant sans réticence aux saluts d'abord hésitants des gens, qu'il intimidait malgré lui. Bientôt, la curiosité s'émoussant, il cessa de faire l'objet des conversations, chacun admettant qu'il était sans histoires. Rares étaient ses visiteurs, des gens particulièrement discrets, ne passant guère plus de quelques heures chez lui. Il ne s'installait jamais à la terrasse de l'unique café-restaurant de l'île, ne s'attardait pas non plus à admirer l'habileté des joueurs de boules qui, chaque après-midi, envahissaient une partie de la place, bien à l'abri des micocouliers pendant les fortes chaleurs. On avait remarqué qu'il faisait ses courses une fois par semaine, suivant un itinéraire quasi immuable : d'abord la poste, ensuite la supérette-boulangerie, de temps en temps la boutique presse-tabac, où il achetait des journaux.

— Il a demandé qu'on lui remette l'électricité. Pour la fibre, il va devoir attendre. Vu où il habite, ça va lui coûter une fortune !

— Il va souvent sur le continent ; il s'absente même pendant plusieurs jours. Vous avez remarqué ?

— Paraît qu'il bosse dans l'écologie. Il a un compte Instagram sur les espèces en voie de disparition et une chaîne YouTube sur la protection des oiseaux migrateurs. Des trucs que personne regarde ici, mais qui comptent des milliers d'abonnés. Martine, de la mairie, a regardé sur son téléphone.

Jean slim noir, t-shirt en coton bio à raies bleues, baskets de trail d'un homme habitué aux longues marches, son sac à dos en matériaux recyclés bien rempli, Raphaël revenait du village. Depuis son installation dans l'île, il avait l'habitude de laisser sa porte et ses fenêtres ouvertes, sa méfiance instinctive s'émoussant au contact de la liberté de la nature, une liberté qu'il avait fini par apprivoiser et qui, lentement, était devenue pour lui positive. Qui donc se risquerait à s'aventurer jusqu'à cette maison quasi inaccessible ? Rares, sinon inexistants, étaient ceux qui s'y hasardaient, tant les taillis étaient inextricables.

Desservie seulement par des sentiers de plus en plus étroits, effacés presque près de la maison, il avait abattu les vieilles barrières rouillées, les grillages, le portail même pour se laisser envahir par les lentisques, les genévriers et par toutes ces plantes dont il ne connaissait pas le nom et qui embaumaient, le matin surtout, quand la rosée tressait des dentelles de lumière sur certaines toiles d'araignées aux dessins savants.

Un domaine de solitaire, mais un domaine où il se sentait enfin redevenir lui-même, un homme marqué et qui le resterait sans doute toute sa vie, mais qui s'était habitué à sa différence, sinon à ses souffrances. Dans ce cadre de verdure intact, s'accepter était somme toute plus facile qu'il l'avait redouté. Et s'accepter dans sa petite forteresse face à la mer, tout en haut des rochers qu'elle surplombait, n'était-ce pas, au fond, un privilège, comme une compensation ?

Et puis, il y avait les oiseaux. Une envie soudaine à laquelle il n'avait pas su résister. Un rêve un peu fou, d'abord : remplir sa maison d'oiseaux, puisque, selon lui, il n'y en avait pas assez dans les arbres. Ce désir, presque un caprice, avait pris une ampleur insoupçonnée, s'était transformé en véritable mission. Chaque année, les populations d'oiseaux migrateurs diminuaient — il avait documenté cette chute alarmante dans plusieurs articles scientifiques. L'effondrement de la biodiversité, les habitats qui disparaissaient sous la pression du changement climatique, l'empoisonnement des sols... Ses volières étaient devenues un refuge, une arche fragile, un laboratoire où il recensait les espèces survivantes.

Au sud, la maison était flanquée d'une sorte d'appentis qui tenait de la remise, du hangar à bateaux, du garage. L'appentis dégagé de tout ce qui l'encombrait, un amas hétéroclite de vieilles vieilleries, comme l'écrivait Rimbaud, il s'était alors rendu compte que l'espace était immense. Un besoin immédiat : y installer de grandes cages bien aérées, où les oiseaux seraient presque en liberté et une non moins immédiate contradiction : comment supporter que des oiseaux soient prisonniers, alors que la nature flamboyait alentour ? Hypocritement, il s'était dit qu'il les libérerait un jour, quand il aurait acquis la certitude que, toutes les portes des cages ouvertes, ils y reviendraient rassurés, ne serait-ce que pour se nourrir. Maintenant, il était moins sûr de tenir sa promesse. Après tout, n'étaient-ils pas heureux, là, dans ces prisons où ils pouvaient se gaver de grains tout leur soûl, où ils paraissaient s'ébattre joyeusement ? Et puis certains, recensés dans ses registres méticuleusement tenus, ne survivraient pas dehors face aux prédateurs introduits par l'homme. Au fil des semaines, il avait réuni toutes les espèces capables de vivre ensemble. Et leur tapage, étourdissant pour tout autre que lui, constituait, chaque matin, un ravissement renouvelé.

Sur le seuil de sa cuisine, il s'arrêta. Une inquiétude mêlée à une curiosité, l'une et l'autre imprécises. Rien n'avait changé du décor d'une sobriété qui frôlait volontairement le dénuement : une rude table de chêne, deux bancs d'un même bois rugueux, une étagère encombrée de livres montée de ses mains et, dans l'évier, des assiettes sales — il détestait faire la vaisselle, corvée immuable et, à la limite, déprimante. Rien n'avait changé, mais rien n'était pareil. Un coup d'œil rapide : on ne lui avait rien volé, parce qu'il n'y avait rien à voler sans doute. Rien non plus n'avait disparu dans le réfrigérateur : la nourriture spartiate dont il se contentait s'alignait toujours dans des boîtes de plastique, dont il ajustait chaque couvercle avec un soin maniaque. Et pourtant, il eût juré que quelqu'un avait pénétré dans sa maison, inventorié en quelque sorte son contenu. Il n'aimait pas cela, mais pas du tout, comme lorsque, enfant, quelqu'un se penchait par-dessus son épaule pour voir ce qu'il lisait. Une brusque peur le tenailla. Et si l'on s'en était pris à ses oiseaux ? Il se précipita. Comment ne s'en était-il pas rendu compte plus tôt ? Au lieu de leur tapage habituel, les oiseaux se tenaient tapis au fond de leur cage, petite masse colorée, amas de plumes, et qui, d'un seul coup, quand il versa du grain dans les mangeoires, s'égaya. À nouveau, les pépiements, les envols soyeux, les arabesques. Il remplit d'eau les bassins, où certaines espèces se baignaient, se dit, à demi rassuré, que ce devait être un animal, un renard peut-être ou un sanglier, qui avait dû mettre les volières en émoi. Pas un être humain.

Il n'en inspecta pas moins une nouvelle fois sa cuisine, sans rien remarquer de suspect. Rien non plus dans sa chambre, aussi austère que le reste de sa maison : un grand lit où sa haute carcasse s'étalait à l'aise, une vieille commode, une penderie, un fauteuil au velours rouge fatigué. Une odeur inhabituelle cependant : comme un parfum éventé. Mais peut-être n'était-ce qu'une illusion.

Malgré tout préoccupé, il revint vers sa cuisine, ne se décida pas à faire la vaisselle. Il n'aimait pas le contact de l'eau rendue mousseuse par le liquide censé être parfumé au citron. Un contact désagréable, comme celui de cette chose d'abord tiède et vaguement gluante, dont le souvenir, après vingt ans, le marquait. Alors, il avait tout fait pour surmonter son désarroi. Mais, tenace au fond de lui, restait ce qui le hanterait sans doute toute sa vie.

À nouveau l'impression bizarre d'une présence, comme si quelqu'un l'épiait. Mais alors, quelqu'un d'invisible ? Raphaël décida, pour en avoir le cœur net, d'inspecter les alentours. Si quelqu'un se cachait quelque part, il le retrouverait ; du moins retrouverait-il ses traces. Mais qui aurait la naïveté de s'aventurer dans les taillis épais, qu'exprès il avait laissé croître, à la grande fureur des gardes forestiers qui, depuis le début de l'été, multipliaient les mises en garde :

— Si tu débroussailles pas, t'es carrément inconscient ! Les canicules sont de plus en plus longues chaque année. Tu as vu les feux en Gironde l'été dernier ? Si le feu se déclare, tu vas brûler vif et ta baraque avec !

— Elle a des murs épais et, avant que les flammes attaquent, vous croyez que je vais rester planté là sans rien faire ? T'inquiète pas pour moi !

Le garde avait hoché la tête, mi-admiratif, mi-exaspéré. Il connaissait bien ce type d'homme – capable de prévoir le pire tout en refusant de suivre les règles collectives.

Malgré tout, il avait taillé des allées coupe-feu, mais le moins possible, pour que son domaine reste fermé aux curieux.

Ce coin de forêt, souvent parcouru, il le connaissait comme sa poche. Là, un sanglier solitaire aimait se vautrer, ici, c'était le domaine des tortues, immuables et solennelles, celui des hérissons qui continuaient à s'enfuir à son approche.

Il inspecta avec soin chaque passage, chercha des traces de pas dans les tapis parfois épais d'aiguilles de pin. Rien. Et puis, soudain, il s'arrêta, esquissa un mouvement de recul. Ce n'était pas le moment de révéler sa présence.

Sous un faux poivrier, là où le lierre épais s'étalait serré, une forme était allongée. Une forme tassée sur elle-même, en chien de fusil. Il s'approcha. La tête reposant sur un coude, une chevelure souple et une poitrine que, soulagé, il vit se lever et s'abaisser. Une fille, dont il ne pouvait découvrir le visage, vêtue d'un jogging aux bleus agressifs, de baskets Nike avec, à ses côtés, mais caché en partie par un buisson, un sac à dos. Une campeuse qui aurait raté le dernier bateau pour le continent ? Mais il ne voyait pas le matériel de campement à ses côtés. Jeune apparemment. Et dans un tel abandon qu'un bref instant il en fut tout attendri.

La voir ainsi vulnérable, endormie en pleine nature, éveilla en lui une confusion d'émotions contradictoires. Quelque chose dans sa posture — repliée mais pas totalement détendue — suggérait une fuite plutôt qu'une simple promenade interrompue. Sans doute était-ce elle qui s'était aventurée dans les parages, avait pénétré dans la maison ? Mais cela ne le rassurait pas pour autant. En peuplant d'un seul coup le paysage, elle troublait sa solitude, le refuge dans lequel il entendait ne pas être distrait. Il eut envie de la secouer, de la chasser, de l'exclure de son univers. Une envie presque irrépressible. De quel droit envahissait-elle son domaine ?

Il haussa les épaules. De quel droit lui-même... Pensif, ulcéré, il revint vers sa retraite, se dit qu'il serait temps d'aviser, la fille réveillée, si elle s'approchait à nouveau de la maison du guetteur. Qui, en la circonstance, portait bien mal son nom.

Il sortit de son sac le journal qu'il avait acheté au village. Un titre barrait la moitié de la page, accompagné d'une photo particulièrement éloquente montrant une scène de crime capturée par une caméra de surveillance. Des experts en blouse blanche y étaient visibles, prélevant des échantillons ADN. L'article mentionnait des recherches en cours sur les réseaux sociaux pour retracer les déplacements de la victime. Il lut l'article avec avidité :

— Non, c'est pas vrai ! murmura-t-il. C'est pas possible ! Ça va encore recommencer ?

Des yeux d'un bleu très pâle, des yeux lavande comme aurait dit Aurélia, du temps où ils étaient heureux ensemble, Raphaël regardait la fille qui lui faisait face dans la pénombre de l'entrée. L'avant crépuscule s'appesantissait sur l'île, rendant plus intime, plus mystérieuse cette rencontre, en apparence banale, d'un homme d'âge mûr sauvage et volontairement retranché du monde et d'une fille inconnue et pourtant proche, il le sentait même si, obstiné, il se refusait à l'admettre. Les pistes qui menaient vers lui étaient brouillées une fois pour toutes. Cela, il l'avait décidé ; y déroger serait remettre tout en cause.

La voix était rauque, qui dit, avec un accent indéfinissable :

— T'aurais pas un verre d'eau ? J'ai trop soif...

En même temps qu'il enregistrait sa demande, il eut l'étrange impression de n'avoir rien entendu. Il ne s'en dirigea pas moins vers l'évier, rinça un verre terni de calcaire, le remplit et dit, en le tendant à la fille :

— Désolé, j'ai oublié de mettre l'eau au frigo. J'y pense jamais et elle est pas fraîche.

— Pas grave.

Elle but goulûment, tendit le verre à Raphaël :

— Encore ! dit-elle.

Il avait allumé la lampe au-dessus de l'évier et quand, le verre à nouveau plein, il se retourna, il eut un choc. Surprise, émotion, premier vrai contact avec un être humain en ce lieu de solitude, il se dit qu'elle était très belle et, en même temps, que ce n'était pas tout à fait exact. Belle et pas belle, était-ce possible ? Assez grande, déguisée par un jogging athleisure à rayures bleu et blanc, qui la faisaient ressembler à un énorme insecte, elle avait un long cou et un port de tête comme jadis il les aimait, fier et provocant à la fois, une sorte de défi. Sa chevelure sombre, coupée court en un undercut asymétrique, lui donnait un vague aspect androgyne et casquait un visage fin, aux pommettes saillantes, aux lèvres bien dessinées que ne soulignait aucun maquillage. Il se dit très vite que celle-là jadis, du temps où cela lui aurait été possible, il aurait pu l'aimer. En même temps, il la regardait comme on contemple dans une vitrine un objet hors de prix, que jamais on ne pourra acquérir. Le regard des yeux clairs, trop clairs, restait cependant un mystère. Les yeux clairs l'avaient toujours mis mal à l'aise.

Elle posa le verre sur la table, hésita avant de demander :

— Tu vis tout seul, ici ?

Puis, très vite :

— Laisse tomber, je dis n'importe quoi ! J'ai pris le bateau ce matin pour visiter Mirande. C'est bien ici qu'ils ont tourné des scènes de cette série Netflix qui cartonne ? J'ai vu des photos sur Instagram. Je voulais voir les décors en vrai... Et puis, je me suis perdue. Elle est bizarre, ton île. On a direct l'impression de tourner en rond. Enfin, j'ai aperçu ta maison. Si loin de toutes les autres... Quelle baraque ! Ils font combien d'épaisseur, les murs ?

Une note de tension dans sa voix trahissait autre chose qu'une simple curiosité touristique. Ses doigts tapotaient nerveusement le rebord de la table, comme si elle cherchait à se distraire d'une pensée persistante.

Raphaël sourit pour la première fois, écarta des bras impuissants :

— Je me suis jamais posé la question. Soixante, quatre-vingts centimètres, à vue de nez. Du coup, il fait pas trop chaud l'été et pas trop froid l'hiver. Ces anciennes constructions méditerranéennes, c'est de l'architecture bioclimatique avant l'heure - bien plus efficace que nos bâtiments modernes bourrés de climatiseurs.

— Drôle d'idée quand même de vivre ici. Je peux m'asseoir ? T'étais où, tout à l'heure ? Je me suis avancée jusqu'ici, mais y avait personne. Je me suis permis... C'est surtout tes oiseaux qui m'ont impressionnée. Qu'est-ce que t'en fais ? Tu les élèves pour les vendre ?

Le visage de Raphaël se ferma ; elle s'en aperçut très vite.

— T'inquiète, t'as pas une tête à élever des oiseaux pour les vendre. Mais alors, tu vis de quoi sur cette île ?

Raphaël ne se détendit pas. Il resta pendant quelques secondes silencieux.

— Tout ça n'a pas d'importance, dit-il. Je vis, si on peut appeler ça vivre.

— Chagrin d'amour ?

Il pensa qu'elle était stupide et éclata de rire. D'un seul coup, elle perdait de son mystère, sinon de son attrait.

— Même pas, dit-il. Mais c'est une autre histoire. T'as laissé ton sac dehors ?

— Comment tu sais que j'ai un sac ?

Chloé s'était redressée, instantanément sur la défensive. Une ombre passa sur son visage, comme si elle venait de réaliser quelque chose d'important. Ses épaules se tendirent imperceptiblement.

— Je t'ai vue tout à l'heure en train de dormir sous un faux poivrier. N'importe qui aurait pu te le piquer, ton sac.

— Pour ce qu'il y a dedans ! Bon, c'est pas tout ça, faut que je retourne sur le continent. Tu m'indiques par quel chemin je dois passer ?

La précipitation avec laquelle elle changeait de sujet ne lui échappa pas. Elle regardait maintènant vers la fenêtre, comme si elle calculait le temps qu'il lui restait.

— Demain oui, mais aujourd'hui, c'est impossible. Le dernier bateau est parti depuis un bon moment déjà.

Elle répéta sans paraître comprendre :

— Parti depuis un bon moment ? Ça veut dire que je peux pas quitter l'île ce soir ?

— Ça veut dire ça, ouais.

— Mais alors, qu'est-ce que je vais faire ?

Une lueur de panique traversa son regard, rapidement remplacée par une résignation calculée. Elle reprit le contrôle de sa voix, tentant de paraître simplement contrariée.

— Attendre le premier bateau, demain matin. Il part assez tôt.

— Et je vais passer la nuit où ? Remarque, si j'ai dormi un petit moment dans la nature cet après-midi, je peux très bien cette nuit...

— À Mirande, les nuits sont très fraîches, à cause du vent qui vient de la mer. Les microclimats des îles sont trompeurs - on étouffe sous le soleil, mais dès qu'il se couche, l'humidité devient glaciale.

— Les hôtels sont chers, ici ? En pleine saison, une chambre, ça doit pas être donné...

— Il n'y a que deux hôtels sur l'île. Ils risquent d'être complets.

Ils se regardaient et Raphaël se disait qu'ils jouaient l'un et l'autre une mauvaise comédie. Des mots qui perdaient tout sens dès qu'ils étaient prononcés. Des mots inutiles, loin de tout contexte. Raphaël pensait aussi que la fille s'attendait sans doute à ce qu'il lui propose le gîte et le couvert, ce à quoi il ne saurait, il ne pourrait se résoudre. L'engrenage impossible. Il se leva, lui tourna le dos et dit très vite :

— Je suppose que t'as faim ? Je vais faire une omelette aux pommes de terre, c'est ma spécialité. J'ai aussi du pâté artisanal, que m'envoie un pote de la Drôme. Avec les pêches de mes trois pêchers, derrière la maison, ça devrait faire l'affaire. Après, je peux te conduire chez une vieille femme qui loue des chambres pas chères.

Elle se rebiffa :

— Je demande pas la charité !

— C'est pas ce que j'ai voulu dire. Si tu préfères aller à l'hôtel, t'es libre. S'il y a de la place !

Le silence pesa, lourd, pendant quelques secondes et Raphaël demanda :

— T'as encore soif ?

— Non. Je vais chercher mon sac.

À nouveau la contrainte, cette espèce de mur qui s'élevait entre eux, sans que l'un ou l'autre y comprît quelque chose.

Quand la fille revint, Raphaël, pour se donner une contenance, achevait de laver les assiettes empilées dans l'évier. Elle cria presque :

— Laisse ça ! C'est pas un truc de mec ! En tout cas quand une nana peut le faire !

Puis elle eut un mouvement de recul, comme si ses propres paroles l'avaient surprise. Elle se mordit la lèvre, puis ajouta d'une voix plus douce :

— Excuse-moi, c'est un réflexe stupide. Je déteste quand ma mère me répète que la cuisine est "territoire des femmes" comme si on était encore au siècle dernier.

Il se retourna et, pour la première fois, il la vit sourire. Un sourire qui eût fait fondre plus solide que lui. Perdu dans ses pensées, il se rendit compte seulement quelques minutes plus tard qu'elle avait troqué son jogging contre un débardeur noir dévoilant un tatouage discret sur sa clavicule, et un jean slim tellement serré qu'il l'imagina nue. Furieux contre lui-même, il lui tendit le tablier qu'il revêtait pour l'occasion et qu'il avait eu du mal à dénouer. Elle le regarda, un reproche dans l'œil. Il dit très vite, avec l'impression de se délivrer d'un fardeau – et il se sentit d'un seul coup à l'aise après :

— Le coin est paumé, mais il y a quand même du réseau 4G pas loin d'ici. Je vais essayer de te réserver une chambre.

Puis, désinvolte et maladroit :

— Désolé, je peux pas te garder pour la nuit.

— T'as pourtant un grand lit...

Nulle provocation, mais une simple constatation. C'est vrai que, pendant qu'il n'était pas là, elle avait fait le tour de la maison.

La voix dure, il lança :

— J'ai un grand lit, mais je peux pas te garder pour la nuit !

Il s'emporta :

— Et puis, j'ai pas à te donner d'explications ! C'est comme ça !

Elle se retourna, passa la langue sur ses lèvres et il eut envie de la prendre par le bras et de lui faire passer la porte très vite. Toutes les mêmes ! Il se ressaisit à temps :

— J'en ai pour cinq minutes, dix tout au plus.

Puis, jouant mal à nouveau la décontraction :

— Tu peux mettre la table si t'as fini la vaisselle avant mon retour. Mais, attention, t'y es pas obligée.

Elle cessa de le provoquer et, l'espace d'une seconde, il vit dans son œil une espèce de haine :

— Bien monsieur ! dit-elle. À vos ordres, monsieur !

La colère qui l'animait semblait disproportionnée. Pendant un instant, elle avait semblé plonger dans un souvenir personnel qui n'avait rien à voir avec lui. Puis son expression s'adoucit presque instantanément, comme si elle regrettait cette perte de contrôle.

Un instant désarçonné, il haussa les épaules et partit en grandes enjambées. Dans quelle histoire stupide ne venait-il pas de se fourrer ! Qu'est-ce qui lui avait pris d'inviter cette fille à dîner ? Et pourquoi ce soudain intérêt pour l'inaccessible ? L'inaccessible. Il doutait soudain. Peut-être que... Et pourquoi pas ? Mais non, les yeux trop bleus, les yeux trop clairs ne pouvaient pas... Il fut pris d'une sorte de tremblement. Laisser les choses aller jusqu'à un dénouement logique, trop prévisible et il ne lui resterait plus qu'à se jeter dans la mer du haut de la falaise, comme il en avait eu plusieurs fois envie.

Quand il revint, la fille avait rangé la vaisselle et mis la table. Une rose s'épanouissait dans un verre à moutarde. Il dit très vite, en passant une main nerveuse sur son front :

— J'ai pu t'avoir une chambre à l'hôtel des Pins. Quelqu'un s'est désisté au dernier moment.

— En somme, j'ai de la chance !

Cette fois, son sarcasme semblait mêlé d'un soulagement sincère, comme si cette solution lui convenait finalement mieux que de rester dans la maison isolée.

Il ne releva pas l'ironie agacée du propos, battit des œufs dans une jatte. Il eut l'impression de réciter une leçon quand il commença à éplucher des pommes de terre :

— Je coupe les pommes de terre en tranches, je les mets à rissoler dans du beurre, je sale légèrement, je verse ensuite les œufs battus dessus, je pose un couvercle sur la poêle et, cinq minutes plus tard, c'est prêt.

— Tu ajoutes pas d'herbes ? De l'origan ou du thym ? Il doit y en avoir partout dans les collines, non ?

— Si, bien sûr, j'en cueille régulièrement. J'en fais même sécher pour l'hiver.

Elle s'approcha de lui, huma l'odeur du thym qu'il venait de sortir d'un petit pot en verre, et son parfum à elle, mélange de sueur et de notes fraîches, l'enveloppa un instant.

— Et si on mangeait sur la terrasse ? demanda la fille d'un ton tout aussi faux.

— Pourquoi pas ? La table et les chaises de jardin sont peut-être un peu poussiéreuses...

— Tu me passes un chiffon ?

— Ici, l'été, le soleil qui se couche sur la mer, c'est quelque chose ! Et à cette heure, la température est idéale.

Ils continuaient à parler faux l'un et l'autre, en avaient conscience et, de plus en plus mal à l'aise, la fille dit :

— Je me suis pas encore présentée. Je m'appelle Chloé.

Quelque chose dans sa façon de prononcer son nom trahissait l'habitude de mentir. Une microseconde d'hésitation, comme si elle avait dû se rappeler qui elle était censée être.

— Comme je connaissais pas ton nom, j'ai réservé ta chambre d'hôtel au mien. Raphaël Delaunay. T'auras qu'à dire que tu viens de la part de Raphaël Delaunay.

Il ajouta, pas tellement convaincu de ce qu'il avançait :

— Ici, tout le monde me connaît.

Chloé se leva.

— Je vais chercher l'omelette.

— Et moi, une bouteille de vin bio à la cave. C'est un vigneron local qui fait des merveilles avec les cépages indigènes.

Quand il revint, Chloé avait repris sa place à table. Elle lança à Raphaël un regard de défi, tandis qu'un sourire quelque peu forcé tirait sa lèvre. Elle avait enlevé son débardeur et Raphaël vit en même temps un grain de beauté sur son épaule gauche, ses seins petits et solidement accrochés et sa peau marquée par endroits par des coups de soleil. À nouveau, il eut envie de la prendre par le bras et de la chasser une bonne fois pour toutes de son univers. Mais cela lui demanderait une volonté et un effort dont il ne se sentait pas capable. Il opta pour l'indifférence, s'assit et commença à découper l'omelette.

— Je te sers ?

Il se rendit compte qu'elle perdait un peu de ses moyens et cela le rassura. Elle dit, et il ne fut pas dupe du léger tremblement de sa voix :

— Il faisait tellement chaud... On est bien mieux comme ça... Il te reste plus qu'à en faire autant...

Le "Non !" qu'il lança était si tranchant qu'elle resta un instant interdite, la fourchette à hauteur de sa bouche.

— Non ! Et je te conseille de te rhabiller.

Puis, avec une espèce de rage :

— Je déteste voir les peaux brûlées par le soleil !

Elle se leva, croisa les mains sur sa poitrine. Une expression de blessure authentique traversa son visage, supplantant le jeu de séduction. Pour la première fois, elle semblait vraiment vulnérable.

— Toi, alors ! C'est quoi ton problème ? T'es impuissant ou quoi ?

Puis, en courant vers la cuisine :

— Excuse-moi, je sais pas ce que je dis ! Vaut mieux que je parte. Tu me raccompagnes jusqu'au chemin ? Comme ça, je me perdrai pas...

Le vent venu de la mer n'avait pas chassé la lourdeur moite de la veille et, parce qu'il éprouvait quelque chose qui ressemblait à du remords, Raphaël dormit très mal. Incapable de chasser Chloé de son esprit, il se disait qu'il avait pour le moins manqué de tact, même si ce mot ne devait pas représenter grand-chose pour elle. En même temps, il savait que se confier à elle n'aurait pas eu de sens. Tout lui fermait la bouche. Personne ne pourrait comprendre, il le savait. Même lui. Peut-être même lui aurait-elle lancé un regard désabusé, lui disant qu'il compliquait inutilement des choses que d'autres règleraient d'un simple message.

Pour la première fois, s'occuper de ses oiseaux lui parut tenir de la corvée. Il s'acquitta cependant avec conscience de ses tâches quotidiennes, puis il caressa d'un doigt machinal la perruche qui venait tous les matins se jucher sur son épaule, picorer, comme par jeu, son oreille. Un instant, malgré ses rapports hebdomadaires sur la diminution des populations d'oiseaux endémiques et son travail de recensement pour plusieurs ONG environnementales, il se dit que sa vie n'avait pas de sens, qu'il était fou de rejeter tout ce qui aurait pu lui en donner un. Objectivement, quel intérêt pouvait bien représenter ces volières, ces oiseaux prisonniers, le temps qu'il passait à documenter leurs comportements face aux étés de plus en plus torrides ? À portée de sa main, la vie. Cette vie qu'il refusait depuis tant d'années déjà. Le "ça ne sert à rien" était devenu sa ligne de conduite.

Il revint vers sa cuisine, se fit chauffer du café, mangea sans appétit ce qui restait de l'omelette de la veille, fit la grimace. Pas faim, presque dégoût. Pour la première fois depuis bien longtemps, il n'hésita pas à se doucher, même si se voir nu dans le miroir du cabinet de toilette peu confortable, qu'il avait aménagé tant bien que mal sans le concours des artisans du coin, n'avait jamais cessé de représenter une épreuve pour lui. Il choisit ses vêtements avec soin, ce qui ne lui était pas arrivé depuis bien longtemps, et c'est un Raphaël chemise blanc rosé, convenablement repassée, jean blanc, un réflexe de coquetterie pour lui inexplicable, qui partit pour le village.

Il était tôt, la navette venue du continent n'avait pas encore déversé son dévorant flot de touristes et leurs stories Instagram ; l'île restait, pour peu de temps encore, ce havre de paix et de lumière qui l'avait conquis dès le premier instant où il y avait mis les pieds.

L'hôtel des Pins était situé non loin du débarcadère, blotti derrière de faux poivriers exubérants. Un hôtel à l'ancienne, à dimension encore humaine, résistant tant bien que mal aux plateformes de réservation standardisées. Personne à la réception, et des rires provenant du petit salon attenant. Il attendit quelques instants et, ne voyant rien venir, il appuya sur le bouton d'appel, qui fit entendre un son discret.

Une femme d'une cinquantaine d'années surgit de derrière un rideau, regarda Raphaël des pieds à la tête, se décida à sourire. Son visage portait les marques d'une fatigue mal dissimulée sous un maquillage appliqué à la hâte. Ses yeux trahissaient pourtant une intelligence vive et l'habitude de gérer des situations compliquées. Elle inclina la tête dans un salut machinal.

— Vous désirez ?

— Voir Chloé. À moins qu'elle soit déjà partie ?

— Chloé ? Ce nom me dit rien. Une seconde, je consulte notre registre.

— Je m'appelle Raphaël Delaunay. C'est moi qui vous ai appelé hier soir pour réserver une chambre. Mais peut-être qu'on n'a pas noté mon nom ?

Elle avait chaussé des lunettes à monture épaisse qui lui donnaient un air professionnel. Elle se pencha sur sa tablette, ses doigts tapotant l'écran avec une précision méthodique malgré quelques hésitations.

— Il n'y a rien à Delaunay, dit-elle enfin. Ah, voilà. Chloé Leduc. Mais c'est bizarre, je trouve aucune info complémentaire. Pas d'heure de réveil, pas de petit-déjeuner... J'appelle la femme de chambre.

De stature moyenne, les joues rondes animées par un sourire attentif, la femme de chambre se lança dans une explication précise.

— Une jeune femme est bien venue. Elle a déposé son sac, puis elle est sortie après avoir pris quelques photos de la chambre. Avant, elle a demandé à quelle heure l'hôtel fermait. Je le lui ai dit en précisant qu'on n'a pas de veilleur de nuit. Elle est pas revenue et son sac est toujours là.

Des suppositions dérangeantes l'assaillaient. La nuit à la belle étoile ? Il écarta l'hypothèse. Si telle avait été son intention au départ, elle n'aurait pas déposé son sac à l'hôtel, ou bien elle en serait partie après les précisions de la femme de chambre. Et si, sans se soucier de l'heure, se heurtant à la porte fermée de l'hôtel, elle avait effectivement passé la nuit dehors, elle serait déjà venue le récupérer. Fataliste soudain, il hocha la tête. Avec cette fille qui oscillait entre fragilité sincère et assurance provocante, ne fallait-il pas s'attendre à tout ? Il dit sans réfléchir :

— Quand elle est venue déposer son sac, elle vous a paru, je sais pas, énervée, soucieuse, pressée ?

— Même pas, non. Elle a juste lâché une remarque désagréable sur les hôtels qui ont pas de veilleur de nuit, en pleine saison. Mais avec les charges qui explosent et vu qu'on bosse vraiment que quelques mois par an, on peut pas se permettre ce luxe... D'habitude, les clients comprennent, hein.

Raphaël l'interrompit d'un geste de la main :

— Je remets pas en cause la gestion de votre hôtel ! Je vous règle la chambre et quand Chloé reviendra chercher ses affaires, dites-lui que Raphaël est passé et que... Et puis non, dites-lui simplement que je suis passé et que j'ai réglé sa note.

Il laissa les deux femmes un peu surprises et se dirigea vers l'embarcadère. Il savait pourtant que Chloé ne pouvait pas s'y trouver, à moins qu'elle ne fût distraite au point de partir en oubliant son sac. De fait, personne n'avait vu une fille correspondant au signalement précis qu'il en donnait. Il s'en ouvrit un peu plus à la femme qui délivrait les billets pour le continent, une des rares personnes de l'île avec laquelle il échangeait parfois des propos qui n'étaient pas de simple politesse. Elle hocha la tête :

— Les trucs pour s'éclater sur l'île, même en plein été, tu sais... Y a bien quelques concerts de jazz et de musiques actuelles à l'église de temps en temps, mais ça se termine tôt.

Pris d'une inspiration subite, Raphaël lança :

— Et des clubs ? Y a des clubs à Mirande ?

— Tu rigoles ou quoi ! Un seul et qui galère à survivre ; ici, les touristes sont pas vraiment des teufeurs. On m'a parlé du Dauphin, qui a ouvert cette saison. Il est planqué un peu derrière la place. Il ferme vers deux heures du mat', mais souvent plus tôt, vu qu'y a quasi personne, sauf quand ils font leurs soirées électro.

— C'est quel genre de club ?

— Ça va... Pas un endroit glauque en tout cas. Enfin, pas que je sache. Niveau clientèle, c'est mixte. Des jeunes qui veulent se défouler et des quarantenaires qui gardent un pied dans la nuit. La seule chose que j'ai entendue, c'est que pendant la saison, c'est une pure arnaque niveau prix.

— Tu penses qu'à cette heure-ci, y a quelqu'un ?

— Ça m'étonnerait. Mais tu peux toujours aller voir, c'est à côté.

— Merci.

À nouveau des pensées contradictoires. Qu'est-ce que Chloé pouvait bien foutre au Dauphin ? D'après ce qu'il avait pu comprendre lors de leur conversation, c'était pas du tout son style, les clubs. Mais en fait, qu'est-ce qu'il en savait ? En plus, il la sentait bien capable de faire n'importe quoi sur un coup de tête. Il se rappelait le mélange de vulnérabilité et d'audace dans ses yeux. Elle s'était jetée à son cou et il l'avait recalée. Vexée par son attitude qui avait dû lui paraître totalement méprisante, peut-être qu'elle avait juste voulu se vider la tête ?

Il ne fut pas surpris de voir le Dauphin tous volets clos. Un ancien magasin à la devanture et aux vitres peintes en noir et, en fronton, une fresque maladroitement naïve où des dauphins plus que stylisés évoluaient. Des néons LED bleus clignotaient faiblement sous l'enseigne poussiéreuse. Pour donner un cachet d'authenticité au club, un petit guichet grillagé à côté d'une sonnette connectée à une mini-caméra. Fallait-il montrer patte blanche pour entrer dans ce lieu minable ? Tant de prétention puérile agaça Raphaël. Il sonna, attendit quelques secondes, donna des coups de poing dans la porte.

— T'as aucune chance, mec, lui lance une passante. Y a pas un chat. Le Dauphin ouvre qu'à partir de vingt-deux heures.

— Et le patron, il est pas dans le coin ?

— Il crèche sur le continent et les barmans sont tous à la plage à cette heure. Je te jure que tu perds ton temps !

Raphaël n'insista pas, revint vers l'hôtel où on lui confirma que Chloé n'avait pas donné signe de vie depuis son précédent passage. Il se résigna à regagner la maison du guetteur avec un vague espoir, que son pessimisme naturel ne parvenait pas à gommer tout à fait : il allait retrouver Chloé devant sa porte ; elle lui raconterait une histoire invraisemblable... Mais non ! Et puis, cela servirait à quoi ? Pourtant, quelque chose en lui avait été touché par cette femme qui semblait porter en elle une blessure similaire à la sienne.

Le soleil commençait à brasiller. Nul souffle de vent. La nature s'assoupissait, marquée par cette sécheresse qui s'installait chaque année plus tôt dans la région. Le chemin lui parut plus long que d'habitude ; il eut conscience, mais ce fut très fugitif, qu'à mener la vie qui était la sienne désormais, concentrée sur l'observation d'un monde naturel en péril, il allait peut-être passer à côté de connexions humaines essentielles. Son travail de documentation sur les espèces menacées par le réchauffement climatique lui semblait parfois comme d'épuisants coups d'épée dans l'eau, malgré l'intérêt croissant du public.

Sur sa terrasse, les chaises étaient désespérément vides et, même s'il s'y attendait, cela lui fit un choc, comme s'il avait été dépossédé de quelque chose. C'était l'évidence même, Chloé n'était pas revenue.

Il n'en fut pas si sûr et une sueur glacée l'envahit quand, dans les cages où les oiseaux voltigeaient dans tous les sens, il vit sur le sol quelques perruches mortes. Des perruches mortes. Il porta les mains à sa bouche, paralysé soudain, se demandant avec effroi ce qui avait bien pu se passer. Cinq perruches mortes, parmi les plus belles. Celles à qui, avec un amour un peu fou, il avait donné des noms.

Mortes. L'œil clos, le plumage ébouriffé. Un long moment, gorge serrée, incapable de faire un mouvement, il les regarda. Sans comprendre. Depuis qu'il s'était réfugié dans la maison du guetteur, il n'avait pas enregistré la moindre perte.

D'un seul coup, une espèce de fureur l'envahit. Et si c'était Chloé qui était revenue et qui, pour se venger de son attitude pour elle incompréhensible de la veille, avait voulu l'atteindre dans ce à quoi il paraissait tenir le plus ? Dans le même temps, une autre partie de lui refusait cette hypothèse - elle n'avait pas semblé être ce genre de personne, malgré son impulsivité.

Dans le même temps qu'il envisageait l'endroit du jardin où il pourrait ensevelir ses perruches, il se disait qu'il allait d'abord les emmener chez un vétérinaire du continent pour connaître les raisons de leur mort. Il pourrait ainsi savoir si elles avaient été victimes d'un acte délibéré ou d'un phénomène naturel. Lui se refusait à les manipuler. Pour aussitôt penser que cela ne servirait à rien. Depuis quelque temps, les décisions qu'il avait à prendre aboutissaient toujours à un constat d'impuissance dérisoire.

Entre sa maison et les rochers abrupts surplombant la mer, il avait souvent remarqué un espace sans arbousiers, sans ronces, vraisemblablement un jardin que les anciens propriétaires de la maison du guetteur entretenaient ; y poussaient encore de façon anarchique et au gré des saisons, des tulipes malingres, des soucis qui se reproduisaient d'année en année, des géraniums rampants et dégénérés. Un espace sauvage et, en même temps, poétique. C'est là, qu'il se rende ou non sur le continent pour faire examiner ses perruches par un vétérinaire, qu'il enterrerait ses fidèles compagnes. Le plus urgent : reconnaître les lieux, éloignés de plusieurs centaines de mètres, choisir un bel endroit pour ensevelir ses lumineuses compagnes.

La montée était rude, le soleil de plus en plus brûlant, les taillis sans ombrage, typiques de cette garrigue méditerranéenne de plus en plus vulnérable aux incendies. La sueur ruisselait sur son visage, qu'il essuyait souvent d'un revers de main rageur.

De loin, il devina le corps tassé. Comme la veille, mais cette fois sur un espace nu. Non, c'était pas vrai, c'était pas possible ! Il ne put retenir un gémissement, s'approcha avec lenteur. Le vent, soudain levé, rabattait sur lui une odeur forte et il porta d'instinct son mouchoir à son nez. Une odeur de plus en plus âcre. Une odeur qu'il eût reconnue entre toutes : une odeur de chair brûlée.

Son hésitation fut de courte durée. D'un pas maintenant plus sûr, il marcha vers le corps et ce qu'il découvrit justifia toutes ses craintes. Il se pencha, le doute n'était plus possible. C'était bien Chloé qui gisait là, mais le cadavre de Chloé à moitié nu et dont le feu avait brûlé une partie des vêtements. Essayant de ne pas perdre son sang-froid, il décida de revenir chez lui. Là, il but plusieurs grands verres d'eau, partagé entre le désir d'appeler les flics et celui, plus rassurant dans l'instant, d'attendre et de voir venir. Il savait pourtant qu'en tant que découvreur du corps, tout retard dans le signalement risquait de le rendre suspect. Ce fut cette dernière solution qu'il adopta, non sans remords.

La nouvelle fit vite le tour de l'île, amplifiée par les publications frénétiques sur les groupes Facebook locaux.

— On vient de trouver le cadavre d'une fille à la pointe des Cavaliers ! Un cadavre de fille ! Et dans un état que je vous dis pas...

— Mais encore ?

— On a essayé de la brûler, mais ça a en partie raté. Heureusement d'ailleurs, car avec la sécheresse record qu'on subit depuis des mois, si le feu s'était communiqué au maquis, c'est une grande partie de l'île qui aurait flambé ! On a déjà eu deux départs d'incendie au nord le mois dernier.

— Et on l'a identifiée, cette fille ?

— À ma connaissance, non. Mais les flics ont été prévenus tout de suite. Je crois même savoir qu'ils ont demandé des renforts. L'enquête devrait avancer vite avec tous les moyens technologiques dont ils disposent maintenant.

— Si on ne connaît pas le nom de cette fille, ça m'étonnerait. Surtout en cette saison, où l'île est envahie par les touristes. Tu veux le fond de ma pensée ? Ces touristes qui débarquent tous les jours par bateaux entiers, ça devrait pas être permis ! Entre eux et les locations Airbnb qui nous poussent hors de chez nous... Tiens, voilà justement une voiture de gendarmerie...

— À la pointe des Cavaliers, c'est bien là qu'habite le type qui a acheté la maison du guetteur ?

— Oui. L'assassin, c'est peut-être lui, qui sait ? Là encore, on devrait pas permettre aux étrangers d'acheter nos maisons. Bientôt, on sera plus chez nous !

— Ce Raphaël Delaunay, il s'occupe soi-disant d'écologie. On dit même qu'il collabore avec plusieurs ONG pour étudier l'impact du changement climatique sur les oiseaux marins.

— Un sauvage, oui ! Il passe son temps à faire des relevés et des vidéos pour documenter la disparition des espèces. Souvent, ça lui écorcherait la bouche de dire bonjour !

Devant la supérette-boulangerie, les deux femmes se séparèrent pour aller aux nouvelles et tenter d'en savoir plus, smartphone en main, prêtes à alimenter les messageries locales.

Pendant ce temps, l'adjudant-chef Moreau et son équipier Dutertre, les premiers arrivés, commençaient leur enquête par un examen minutieux des lieux.

— Pas de traces de lutte, pas de traces non plus dans les herbes. Le corps a dû être déposé là. On ne touche pas au cadavre et on attend le légiste. Dutertre, fais des photos de la scène avec ton téléphone. La police scientifique va tarder.

— À première vue, dit Dutertre en cadrant méthodiquement les détails, la fille a été étranglée. Avec vraisemblablement une cordelette. Voyez les traces, là, sur le cou. Elles sont bien visibles.

— Ce que je ne comprends pas, c'est pourquoi le cadavre a été déposé là, alors qu'il aurait été plus simple de le balancer dans la mer ou sur les rochers. Et pourquoi le brûler, au risque de foutre le feu à l'île ? Surtout avec les risques d'incendie qui augmentent chaque année.

— Un psychopathe ou un sadique. Les profils criminels sont toujours plus complexes qu'on le croit...

— Je me pose d'autres questions. Celui qui a fait le coup connaissait forcément les lieux. Ici, c'était le coin de l'île le plus sauvage. La zone de protection de la biodiversité est même en cours d'extension jusqu'ici. C'est un lieu où les touristes, même les plus curieux, ne s'aventurent guère. L'assassin a pu penser qu'on ne trouverait pas le cadavre de sitôt... En attendant le légiste, qu'est-ce qu'on fait ?

— On descend voir le gars qui a acheté la maison du guetteur. C'est lui qui est le plus proche. Il a peut-être vu, il a peut-être entendu quelque chose...

— Voilà justement des renforts qui arrivent. Les gars de la police technique vont pouvoir faire leur boulot. Ils vont ratisser toute la zone et relever les moindres traces ADN.

Ils trouvèrent Raphaël en train de nettoyer les cages de ses oiseaux. T-shirt à manches longues trempé de sueur, jean rapiécé et les pieds nus dans de vieilles espadrilles, il joua très bien l'étonnement :

— Vous ici ? Qu'est-ce qui vous amène ?

Moreau lui jeta un regard soupçonneux, tandis que Dutertre paraissait fasciné par les oiseaux qui faisaient un vacarme étourdissant dans les cages. Plusieurs perruches aux couleurs vives s'agitaient nerveusement, comme si elles aussi ressentaient la tension.

— Ces oiseaux sont rares ? demanda Dutertre avec un intérêt sincère.

— Certains, oui, répondit sobrement Raphaël. Des espèces méditerranéennes que l'on voit de moins en moins. Je documente leur comportement face au stress thermique. Les canicules précoces perturbent leur cycle de reproduction.

Moreau hésita. Allait-il interroger Raphaël sans rien lui révéler du crime, qui avait eu lieu non loin de chez lui, ou bien l'en informer et l'interroger en toute connaissance de cause ? Un instant, mais sans qu'ils en aient, l'un et l'autre conscience, ils s'affrontèrent.

— Une triste affaire, dit Moreau. Ces dernières heures, n'avez-vous pas remarqué quelque chose de suspect près de chez vous ?

— Quelque chose de suspect ? Qu'entendez-vous par là ?

— Des allées et venues, des gens, quoi...

— Vous habitez l'île depuis beaucoup plus longtemps que moi et vous n'ignorez pas que ceux qui s'aventurent jusqu'ici sont très rares. C'est pour ça d'ailleurs que j'ai choisi d'y vivre. Pour répondre plus concrètement à votre question : non, je n'ai vu personne rôder dans les parages. Vous savez aussi bien que moi qu'aucune voiture ne peut venir jusqu'à ma maison. Quant à grimper jusqu'ici, quand on ne connaît pas le coin, c'est galère... Pourquoi ?

Un instant hésitant, Moreau finit par lui révéler qu'un coup de fil anonyme était parvenu à la gendarmerie. Un cadavre découvert en partie calciné à la pointe des Cavaliers.

Raphaël eut le temps d'envisager toutes les hypothèses, de composer dans son esprit plusieurs attitudes possibles. Il opta pour la plus simple : ne rien dire, attendre et voir venir. Avec une bonne foi qui, semblait-il, devait faire illusion, il s'exclama :

— Un cadavre ?

— De fille, oui.

— De fille ? Dans ce coin paumé ? Qu'est-ce qu'elle pouvait bien venir faire par ici ? Je suis désolé, je ne peux vous être d'aucun secours, sauf à vous offrir à boire. Avec cette chaleur...

Il savait que le rigoureux Moreau allait refuser malgré le regard que lui lançait Dutertre, le front inondé de sueur.

— Non, on n'a pas le temps.

Puis, soudain sceptique :

— On pensait que vous auriez pu remarquer quelque chose. Un détail... Vous ne vous êtes pourtant pas absenté, ces jours-ci ?

— Non. Vous savez, moins je vais sur le continent, mieux je me porte. Des obligations professionnelles font que j'y suis parfois obligé. J'ai une visioconférence demain avec une fondation qui finance mes recherches sur les oiseaux migrateurs.

— Ah oui, l'écologie... Avouez que sur notre île, écologie ou pas, on se défend assez bien...

— Les apparences sont trompeuses, répondit Raphaël avec une soudaine intensité. La biodiversité s'effondre partout, même ici. J'ai documenté une baisse de 40% des populations nicheuses en seulement cinq ans. C'est catastrophique.

Puis, à nouveau insistant :

— Si quelque chose vous revenait à l'esprit, un simple détail, même sans importance, n'hésitez pas à nous appeler...

Raphaël pensa que Moreau voyait trop de séries policières à la télé, où l'on répétait à longueur d'enquêtes les mêmes propos bidon. Il sourit, ne répondit pas et se remit au travail.

Arrivé entre-temps, le médecin légiste avait procédé aux premières constatations.

— Mort par strangulation, cela me paraît évident. Le corps a été arrosé d'un liquide inflammable ; ce que je ne comprends pas, c'est qu'il n'a été que très partiellement brûlé. Ah, vos hommes ont trouvé ça dans une des poches du jean de la victime. C'est miracle si sa carte d'identité n'a brûlé qu'en partie. S'il n'est pas possible de déchiffrer son nom, la photo est à peu près intacte ; en tout cas, vous pourrez la diffuser sur les réseaux sociaux si vous n'avez pas d'autres indices pour l'identifier.

Dutertre se retint de dire que la fille était jolie, ce qui, sur une photo d'identité, lui paraissait rarement évident. Une jeune femme aux yeux clairs. Et maintenant, une pauvre petite chose que l'on enfermait dans un sac de plastique, dont l'infirmier remontait la fermeture à glissière.

— Combien de temps avant d'avoir les résultats toxicologiques ? demanda Moreau.

— Avec les nouveaux équipements du labo, ça peut aller vite. Je vous enverrai tout directement sur la plateforme sécurisée.

Laissant les équipes faire leur travail, Moreau et Dutertre redescendirent vers le village.

— Tu préviens le procureur et, s'il est d'accord, tu diffuses la photo sur les réseaux sociaux et sur le site de la gendarmerie. Avec les algorithmes de reconnaissance faciale et la viralité des réseaux, la victime pourra être plus vite identifiée. La seule chose qu'on peut avancer sans risquer de se tromper, c'est que ça n'est pas une habitante de l'île. On connaît à peu près tout le monde et cette fille-là, on l'avait jamais vue.

— L'été, l'île est fréquentée par tellement de touristes... dit Dutertre, fataliste. Il faudrait aussi vérifier les données GPS des téléphones qui ont borné dans le secteur hier soir.

— Oui, mais c'est un coin tellement paumé que ça risque de ne pas donner grand-chose avec ce réseau merdique, répondit Moreau. L'antenne la plus proche est à plus de cinq kilomètres et elle tombe en panne dès qu'il y a un peu de vent.

— Contacte les opérateurs principaux sur l'île.

Le premier coup de fil que reçut Moreau, le lendemain matin, était anonyme mais précis. Une voix jeune, agréable :

— Cette fille-là, je l'ai vue avant-hier soir au Dauphin. Et comment ne pas la voir ? Elle se filmait en permanence avec son téléphone pour ses réseaux sociaux. Elle s'est assez fait remarquer ! Elle était en compagnie d'un gars qu'on aperçoit de temps en temps dans l'île. Un type pas très net, qui passe à tort ou à raison pour dealer aux jeunes. Autant que j'aie pu en juger, elle avait un sacré coup dans l'aile, mais pas lui.

— Vous voulez bien m'indiquer votre nom ?

— Ce serait avec plaisir, mais vous allez me comprendre. J'étais au Dauphin en galante compagnie comme on dit, et ma femme me croyait à Lyon pour affaire...

Moreau n'eut pas le temps de lui expliquer que son témoignage, ô combien précieux, pourrait rester anonyme : son correspondant avait déjà raccroché.

Perplexe, il se dit qu'il ne pouvait pas négliger pareil témoignage. Dutertre objecta :

— Mais Le Dauphin n'ouvre qu'à vingt-deux heures et d'ici là...

Moreau écarta l'argument d'un geste de la main :

— Pierrot Toussaint est barman au Dauphin et lui, il habite l'île ! En plus, il est toujours connecté sur Instagram et Snapchat. Il a peut-être même des vidéos de cette soirée-là.

— On le convoque ou on va chez lui ?

— À cette heure-ci, il doit être en train de dormir. Quand on se couche toutes les nuits à trois ou quatre heures du mat', on se lève tard.

Le journal numérique, où la photo de la fille était assez convenablement reproduite, ouvert sur sa tablette, Moreau, flanqué de Dutertre, partit pour le studio où Pierrot avait élu domicile pour la saison. Ce fut une fille échevelée, ensommeillée, au maquillage délayé, qui vint leur ouvrir. À la vue des uniformes, elle eut un mouvement de recul et marmonna :

— Il va pas être content, Pierrot, si je le réveille à cette heure-ci. Vous pouvez pas repasser en début d'après-midi ?

Le regard de Moreau arrêta net ses protestations.

— Moi, ce que j'en dis... Vous vous débrouillerez avec lui... Il a encore fait quelque chose, Pierrot ?

Moreau observa cette jeune femme qui, même décoiffée et fatiguée, dégageait une certaine assurance. Elle semblait plus embêtée qu'inquiète, tenant fermement son smartphone comme un bouclier.

— Mais non. On veut simplement lui parler. C'est important et urgent.

En pantalon de pyjama rayé et tirebouchonné, le torse nu et maigre, ombré de quelques poils blonds, Pierrot, hirsute, les traits tirés mais déjà une cigarette électronique au coin de la bouche, regarda les gendarmes d'un œil torve.

— Si vous venez me tirer du lit pour une histoire de dope, vous vous plantez complètement. La direction du Dauphin est très stricte là-dessus.

— On vient te demander ton aide, dit Moreau, conciliant. Tu nous dis tout ce que cette fille a fait avant-hier soir au Dauphin. Avec qui elle était et, surtout, avec qui elle est partie. As-tu des photos ou des vidéos de cette soirée-là ?

Méfiant, Pierrot saisit la tablette que lui tendait l'adjudant. Un instant de silence - sans doute se demandait-il quelle attitude adopter - puis, au grand soulagement de Moreau, il confirma la version du correspondant anonyme.

— La fille, jamais vue avant. Elle dansait comme une folle et se filmait en direct sur TikTok. Mais le gars dont vous parlez, c'est Enzo, le Corse. On l'appelle le Corse, je sais pas pourquoi, vu qu'il n'a jamais mis les pieds là-bas. Mais les réputations, vous savez... Avant-hier soir, c'était surtout la fille qu'il chauffait. Et pas qu'un peu. Elle avait l'air d'aimer ça. À un moment, pourtant, je sais pas ce qui s'est passé, il y a eu comme de l'électricité dans l'air, entre eux.

— Et c'est à ce moment-là que la fille est partie ?

Pierrot ouvrit des yeux ronds :

— Comment vous le savez ?

Moreau eut un sourire satisfait, ne répondit pas et Pierrot enchaîna :

— Elle est partie et il lui a filé le train. Ce qui s'est passé après, ça... Vous me repassez la tablette ?

Il lut l'article avec une certaine avidité.

— Et vous pensez que c'est Enzo qui aurait buté la fille ? Arnaquer les gens, trafiquer, ça, c'est son truc, mais de là à tuer... Attendez, j'ai peut-être une vidéo de la soirée sur mon téléphone.

Il manipula son smartphone avec dextérité, faisant défiler des dizaines de photos.

— Voilà, regardez, c'est Enzo là, en arrière-plan. Et la fille qui danse, c'est bien celle de la photo.

Moreau examina attentivement l'image, repérant un jeune homme athlétique aux cheveux courts qui fixait intensément la jeune femme.

— Tu sais où on peut le joindre, ce Enzo ?

— Cette année, il crèche pas à Mirande. Il vient, il va... Des semaines, on le voit pas, d'autres, il se pointe au Dauphin tous les soirs. Si c'est lui qui a fait le coup, il doit être loin à l'heure actuelle. Mais il garde toujours le même numéro de portable, je peux vous le filer.

— Quand il est ici, il loge où ?

— Ça, j'en sais rien. Parole !

— Enfin, Pierrot, au bar du Dauphin, vous savez tout ce qui se passe dans l'île... Vous devez bien avoir un groupe WhatsApp entre barmen, non ?

— Facile à dire. Il est pas bavard, Enzo. Une fille sans doute, qui fait la saison ici. En général c'est son style. Peut-être cette nouvelle serveuse du Café des Îles. Ils ont l'air proches. Mais vous dire qui exactement, j'en sais rien.

Un autre coup de fil parvint à la gendarmerie en fin d'après-midi. Une femme très excitée, en qui Moreau finit par reconnaître la volubilité et la voix aiguë de la propriétaire de l'hôtel des Pins.

— Je viens de voir la photo sur Facebook. La fille qu'on a trouvée assassinée s'appelait Chloé Leduc ! Une chambre avait été réservée pour elle chez nous, cette nuit-là. Elle y a apporté ses affaires, mais on ne l'a plus vue. Et savez-vous qui a réservé la chambre ? Le propriétaire de la maison du guetteur, le fameux Raphaël Delaunay. Celui qui documente tout le temps les oiseaux et qui ne parle que de réchauffement climatique ! Hein, ça va faire avancer votre enquête, une information pareille ! Non, non, ne me remerciez pas ! J'ai encore les enregistrements de nos caméras de surveillance si vous voulez voir à quelle heure elle est venue.

Moreau raccrocha. Sombre, il se tourna vers Dutertre :

— Eh bien, nous avons du pain sur la planche ! Et plus de suspects qu'il n'en faut !

Raphaël avait hésité un long moment. Après la découverte du corps, en partie carbonisé, de Chloé, allait-il devoir modifier son emploi du temps ? Dans sa tête, tout était prêt avant la venue inopinée des gendarmes. Et lui, bêtement, sans avoir une idée exacte de la portée de ses propos, avait déclaré ne pas la connaître ! Pas de vrais motifs à cette dissimulation, sinon celui, à ses yeux, le plus légitime, de demeurer étranger à tout ça. Qu'on lui fiche la paix, comme on la lui fichait depuis son installation dans l'île. Oh, il ne se dissimulait pas que les gendarmes allaient de nouveau le harceler. Même s'il n'avait rien vu, même s'il ne savait rien, n'était-il pas, pour eux, le témoin sinon le suspect idéal ?

À son réveil, comme tous les matins, il rendit visite à ses oiseaux et constata d'abord avec soulagement qu'aucun cadavre ne jonchait cette fois le sol. Nourriture, bassins nettoyés, sol à nouveau impeccable, il cessa de s'interroger sur la mort de ses cinq perruches. Il avait eu, cependant, un instant de détresse en rangeant dans un sac en plastique biodégradable les petits cadavres froids et raidis ; d'un doigt, il avait caressé les têtes aux yeux sans éclat, puis s'était dit que s'attendrir ne servait à rien ; dans peu de temps, il apprendrait si une épizootie n'avait pas envahi ses cages. À moins que la fille ne se soit vengée de son indifférence blessante en l'atteignant dans ce qu'il avait de plus cher ? L'étui de plastique noué enfermé dans son sac à dos, il consulta son smartphone. Trois-quarts d'heure avant le prochain bateau : il avait tout son temps. Il ferma portes et fenêtres, mit un cadenas au hangar où ses oiseaux, pour la première fois, allaient être privés de soleil, puis gagna le chemin creux qui ruisselait de rosée. Jamais, il ne se lasserait du spectacle offert par la nature en début de journée, quand elle se dégage de la nuit et qu'elle retrouve presque son état naturel, sauvage et libre, un territoire neuf, pas encore souillé par les touristes.

Quelques personnes faisaient la queue dans le bureau de poste et il feignit de ne pas remarquer l'attention dont il faisait l'objet. Deux femmes curieuses le regardaient avec presque de l'avidité, puis se penchèrent l'une vers l'autre en chuchotant. Question d'habitude : pendant de longues semaines, à son arrivée, n'avait-il pas été épié par les îliens pour qui tout ce qui est nouveau est insolite, sinon suspect ?

Après avoir fait une recherche rapide sur Google Maps, tapé "vétérinaires à proximité" - cinq résultats s'affichèrent avec leurs évaluations -, après avoir hésité devant les avis mitigés de l'un d'eux, il décida d'appeler celui qui exerçait dans l'une des rares rues qu'il connaissait. Ainsi, n'aurait-il pas à déchiffrer le plan de cette ville qu'il n'aimait guère, il ne savait trop pourquoi. Parce qu'à ses yeux, elle était sans âme, parce qu'elle s'endormait au soleil alors que tout le monde était en pleine mutation ? Parce qu'elle allait se faire damer le pion par toutes les autres villes de la Côte d'Azur de la même importance, mais culturellement beaucoup plus dynamiques ? Le vétérinaire était jeune, discret, affable et accueillant ; Raphaël fut sensible à l'intérêt qu'il portait à ses perruches mortes. Un vrai pro, pensa-t-il. Un spécialiste dont il n'aurait pas à se méfier ; dont lui, l'éternel sceptique, ne mettrait pas en doute le diagnostic.

— Revenez en fin de matinée, lui dit-il. D'ici-là, j'aurai eu le temps d'examiner vos perruches. Comme ça, vous aurez la possibilité de prendre le premier bateau de l'après-midi.

Puis, après un temps, comme s'il exprimait des regrets :

— C'est un beau métier que celui d'ornithologue de terrain. Votre travail de documentation sur les espèces menacées par le réchauffement climatique est important, surtout avec tous ces incendies qui détruisent les habitats. J'imagine les sarcasmes dont vous devez être l'objet à Mirande. Tout ce qui est différent dérange, vous le savez aussi bien que moi. Mais c'est vous qui êtes dans le vrai. Pourtant, si vous ne développez pas des programmes de conservation pour vos oiseaux, vous n'allez pas tarder à être envahi...

Raphaël sourit et tricha :

— Alors, je les relâcherai dans la nature et comme ça, l'île redeviendra l'île aux oiseaux.

— Sauf que certaines espèces mourront très vite. Les écosystèmes sont trop déséquilibrés.

— Vous croyez ? Moi, j'aime les miracles !

C'est à cette conversation hors de la réalité que Raphaël pensait en s'installant à la terrasse ombragée d'un café. Il commanda un

Perrier, qu'il but par petites gorgées, avant de sortir son téléphone pour consulter les deux quotidiens régionaux. Il les lisait rarement, parce que la vie locale ne l'intéressait pas. Aujourd'hui, c'était différent : les journalistes devaient commenter abondamment le crime de l'île. Il fut déçu : l'affaire ne faisait déjà plus les gros titres de la première page numérique. Relégués à la troisième dans l'un et dans l'autre, sans aucune photo, les articles précisaient simplement que la gendarmerie possédait bien l'identité de la victime, que sa famille était venue récupérer le corps, mais ne donnait pas d'autres détails. Les besoins de l'enquête... Raphaël savait ce que cela voulait dire, ou plutôt ce que cela cachait : le piétinement, même si les journalistes affirmaient que la gendarmerie était sur une piste sérieuse et que des éléments nouveaux et importants seraient bientôt communiqués aux lecteurs. Raphaël ricana :

— Tu parles ! Ils ne savent rien, les flics ! Et moi non plus, d'ailleurs, même si je leur ai caché ce que je sais !

Il fit défiler les pages, s'amusa à découvrir ce que l'horoscope du jour lui réservait, sursauta à la lecture de la dernière rubrique. Un article sous un gros titre, qu'il lut avec avidité, relut tout aussitôt pour bien se pénétrer des termes. Un de plus, à quelques jours d'intervalle !

— C'est pas vrai, marmonna-t-il. Ça recommence ! Mais cette fois, l'affaire ne va pas s'arrêter là. Du moment que la presse en fait ses choux gras, c'est qu'on est décidé, en haut lieu, à prendre les choses au sérieux. À moins, au contraire, qu'on étouffe tout, comme d'habitude !

Il ferma les yeux, posa la nuque sur le dossier dur de son fauteuil en plastique. Le passé, vivace, remontait par bouffées à sa mémoire et, comme s'il le revivait, il eut mal dans tout le corps, tandis qu'une sueur glacée envahissait son visage. Il l'essuya d'un revers de main exaspéré, lutta en vain contre ses souvenirs. Au propre comme au figuré, il restait définitivement marqué par ce qu'il avait subi, lui aussi, quelque vingt ans plus tôt. Un beau gosse sans problème, aimé des filles, qu'il séduisait comme en se jouant, qu'il aimait parfois, un grand gosse au rire franc et, aujourd'hui, un solitaire indifférent à ses semblables, sinon les haïssant, et pas certain d'avoir conservé vraiment le goût de vivre. Tout ça parce que... Il n'osait aller jusqu'au bout de son évocation. C'était si lointain et pourtant si proche... La connerie des hommes poussée à l'extrême, la bestialité sadique des uns, la lâcheté des autres... Et puis, le désespoir obligatoirement brimé et, pour lui, une vie foutue, parce qu'il était trop sensible, parce qu'il avait trop cru à certaines vertus humaines. Foutaises, oui ! Les hommes livrés à eux-mêmes restaient foncièrement des chiens ! C'était pour ça qu'il s'était retranché d'eux !

Il dut patienter un long moment dans la salle d'attente du vétérinaire, avant d'être reçu, agacé par deux femmes bavardes, intarissables sur les qualités et les vertus de leur toutou respectif. L'une d'elles, la quarantaine dynamique, manipulait son smartphone avec dextérité, montrant des dizaines de photos de son bichon à sa voisine, qui hochait poliment la tête tout en caressant son propre chien.

D'entrée de jeu, le vétérinaire lui demanda :

— Vous avez des ennemis dans l'île ?

Surpris, Raphaël le regarda. Il répéta machinalement :

— Des ennemis dans l'île... À première vue, non. Ou alors, je ne les connais pas. Que j'en dérange quelques-uns, c'est vraisemblable, on n'aime pas ce qui sort des sentiers battus, vous l'avez dit vous-même, tout à l'heure. Ce qui est différent. Mais de là à... Qu'est-ce qu'on a fait à mes perruches ?

— On les a tout simplement étranglées toutes les cinq.

Malgré lui, Raphaël murmura :

— Je le savais, mais je voulais qu'un homme de l'art, comme on disait jadis, me le confirme.

D'un seul coup, son visage s'était fermé ; il serra les dents et ses maxillaires saillirent.

—Vous les emportez ou bien je les incinère ?

Le vétérinaire fut gêné par le regard que lui lançait Raphaël. Le silence pesa pendant quelques secondes, insupportable, puis Raphaël dit :

— Je les emporte, bien sûr. Derrière ma maison, il y a un jardin abandonné où elles seront bien. Ça me donnera l'occasion de le réaménager en refuge pour les pollinisateurs. Je vous dois combien ?

Presque en somnambule, Raphaël prit le car pour la Tour Fondue, monta dans le bateau, insensible cette fois au moutonnement des vagues, au sillage blanc laissé derrière, au vol de quelques mouettes dont les populations déclinaient aussi, comme il l'avait documenté dans son dernier rapport. Jamais la solitude ne l'avait autant emprisonné qu'en ces moments où, cerné par des touristes bruyants, smartphones et perches à selfie à la main, il avait des envies de meurtre. Tout l'irritait, tout l'accablait et il se disait que se jeter dans la mer avec, dans son sac à dos, ses perruches mortes et déjà malodorantes, serait sans doute la meilleure solution. Glisser dans l'eau, tout oublier, retourner au néant. Et retrouver la paix. Enfin, la vraie paix. Mais non, ce n'était pas possible.

À peine avait-il mis les pieds sur le débarcadère qu'il vit venir à lui Moreau et Dutertre. Un instant, sans méchanceté, il se dit qu'il avait devant lui deux gendarmes d'opérette, malgré leur air sérieux et emprunté.

— Vous nous suivez, dit Moreau. Nous avons des questions à vous poser. Et cette fois, il ne s'agira pas de nous mener en bateau, comme vous l'avez fait la dernière fois.

Le bureau où les gendarmes le firent entrer était petit, meublé modestement, avec un ordinateur portable sur le bureau, un téléphone sans fil et des chaises de bois, dont le vernis avait depuis longtemps disparu. Une imprimante multifonction trônait sur une table adjacente, entourée de piles de documents. En d'autres circonstances, la comédie qui se voulait sans doute solennelle l'eût amusé. L'adjudant s'était assis à son bureau, feuilletait, avec un manque total de naturel, quelques dossiers, tandis que Dutertre s'installait devant l'ordinateur. "Il doit taper avec deux doigts seulement !" pensa Raphaël, distrait par cette mise en scène, selon lui, grotesque. Pour que l'atmosphère change, il attaqua :

— Eh bien ! Qu'est-ce que vous me voulez ? Vous n'allez quand même pas dire que vous avez un instant imaginé que je m'étais enfui après l'avoir assassinée ? Soyez sérieux, vous me voyez étrangler une fille, puis ensuite mettre le feu à ses vêtements ? Pour un écolo...

L'air gourmand, Moreau l'interrompit :

— Et vous savez ça comment ?

— Parce que je viens de le lire sur les sites d'info ! Et il y a d'autres détails dans les journaux ! Les journalistes affirment que vous êtes sur une piste sérieuse. La piste, ce serait moi ? Je n'ose pas vous dire : laissez-moi rire !

Interloqués par cette attaque imprévue, qui devait sans doute les contraindre à modifier quelque peu leur stratégie, les deux gendarmes le regardèrent. Le premier, Moreau se ressaisit :

— N'empêche que vous nous avez menti et que votre mensonge nous a fait perdre un temps précieux. Pourquoi avoir caché que vous connaissiez Chloé Leduc ? Avouez que nous avons de bonnes raisons de trouver suspecte cette dissimulation !

— Peut-être. Mais c'est pour moi sans intérêt. Je peux m'asseoir ?

La décontraction de Raphaël désarçonna les deux hommes. Moreau tenta de durcir sa voix :

— Vous nous dites tout, maintenant !

Raphaël prit son temps pour raconter comment Chloé Leduc avait fait irruption chez lui, comment il avait été amené à téléphoner à l'hôtel des Pins, afin de retenir une chambre pour elle ; il ne jugea cependant pas utile de relater la mini séance de strip-tease, ni la provocation qu'elle sous-entendait.

— Et après son départ, qu'est-ce que vous avez fait ?

— Comme tous les soirs, j'ai rendu visite à mes oiseaux, pour voir si tout allait bien, puis je me suis couché. Le lendemain, j'ai voulu savoir ce que la fille était devenue ; on m'a dit, à l'hôtel, qu'elle n'y avait pas dormi. Ce qu'elle a fait cette nuit-là, je l'ignore. Voilà, vous êtes satisfaits ?

— Non. Ce qui nous gêne, c'est que vous ne lui avez pas offert l'hospitalité, si vous voyez ce que je veux dire. Une belle fille...

Dutertre sembla mal à l'aise devant cette remarque, jetant un regard furtif vers son supérieur. Dans un monde où les relations hommes-femmes avaient considérablement évolué, ce type d'insinuation paraissait déplacé.

— Ce n'est pas un délit, à ce que je sache ! Vous n'allez quand même pas me reprocher de n'avoir pas couché avec elle ? Ce serait le comble !

— Et moi, je vous répète que ça nous intrigue. Elle ne vous plaisait pas ? Ou bien c'est elle qui n'a pas voulu de vous ? On peut très bien imaginer qu'elle vous a repoussé et que, dans un mouvement incontrôlé, vous l'avez étranglée...

Surpris, Dutertre regarda Moreau développer des arguments auxquels, étant donné l'état d'avancement de leur enquête, il ne pouvait pas croire.

— Étranglée et puis brûlée, c'est ça ? Et violée, parce qu'elle a été violée ? Je suis à votre disposition pour tous les examens ADN que vous voudrez ! Et vous croyez sincèrement à ça ? Ça vous arrangerait, hein ?

— Non, dit soudain Moreau. Je voulais simplement vous tester. Vous restez cependant un suspect possible, parce qu'on a trouvé le cadavre de la fille tout près de chez vous. Mais je n'ai pas de charges suffisantes pour demander au procureur de la République de vous mettre en examen. Je vous prierai, pourtant, de rester à la disposition de la justice et de ne pas quitter le territoire. Et oui, vous aurez droit à des tests ADN !

— Vous ne m'interdisez quand même pas de me rendre sur le continent ?

— Pour le moment, non. Mais tout va dépendre de la suite que va prendre cette affaire. On analysera les données de votre téléphone pour la nuit en question, mais avec la qualité du réseau dans ce coin de l'île...

— Je comprends, coupa Raphaël. Cela risque de ne pas être très probant !

Raphaël hocha la tête. Il regagna la maison du guetteur et, mâchoire serrée, enfouit ses perruches sous un dahlia mauve en pleine floraison.

Moitié terrain de camping, moitié aire de jeux à l'enseigne des "Flots bleus", le terre-plein aménagé à l'extrême sud de l'île accueillait une clientèle cosmopolite mais disparate, Mirande étant plutôt fréquentée par des touristes fortunés. C'est là, avait-on révélé à la gendarmerie, qu'Enzo se réfugiait quand il était à sec, quand un de ses coups avait foiré, et c'était souvent et même quand il n'avait aucun coup en vue. Plus par acquit de conscience que persuadés du bien-fondé de l'information, Moreau et Dutertre s'y rendirent en fin d'après-midi. Poisseuse, sans un souffle de vent, la chaleur était annonciatrice d'orage, le ciel d'un gris métallique typique de ces étés caniculaires dont la fréquence augmentait chaque année. Les gendarmes se disaient qu'Enzo devait s'offrir à l'ombre d'un pin une sieste toute méridionale. C'était le bon moment pour le cueillir.

Entourée d'une marmaille qui s'agglutinait autour de ses jambes, une femme imposante, la quarantaine allègre, ample jupe multicolore et corsage ouvert découvrant une généreuse poitrine piquetée de taches de rousseur, les accueillit avec un regard circonspect. Son téléphone à la main, elle interrompit sa conversation pour les saluer.

— Enzo ? Vous tombez mal ! Il a bien passé la nuit ici, mais quelqu'un est venu le trouver et il est parti comme s'il avait le feu aux fesses. Sans même récupérer le linge qu'il m'avait demandé de lui laver et qui sèche entre deux pins, comme vous le voyez !

Moreau prit une mine gourmande.

— Avant, vous avez vidé ses poches, bien sûr ? Qu'est-ce que vous avez fait de ce qui s'y trouvait ?

Elle resta un instant interdite, ses doigts jouant nerveusement avec le bracelet en fils tressés à son poignet. Son visage expressif trahissait son malaise.

— Ce que j'en ai fait ? Attendez... Il n'y avait pas grand-chose, des bricoles, quoi. J'ai mis le tout dans un sac plastique...

— On peut voir ?

Moreau fit un signe à Dutertre à qui la femme remit le sac sans protester. Moreau durcit le ton :

— Vous me dites qui est ce quelqu'un ?

Un regard provocateur et un haussement d'épaules :

— Comme si je le connaissais ! Un gars entre deux âges, avec une mine de papier mâché. Il ne doit pas voir souvent le soleil, celui-là. Ah ! oui, des cheveux rares ramenés sur le devant du crâne.

Moreau se rendit compte tout de suite qu'elle ne lui disait pas toute la vérité. À l'évidence, elle savait de qui il s'agissait. Lui aussi d'ailleurs. Ne venait-elle pas, sans s'en rendre compte, de décrire Pierrot ? Par acquit de conscience, parce qu'il se doutait bien où Enzo avait pu se rendre, il demanda :

— Et vous savez où il est allé, Enzo ?

— Pas du tout. Sur le continent, j'imagine. Il... Il a fait une connerie ?

L'adjudant pensa que continuer à interroger la femme ne servirait à rien et qu'il valait mieux ne pas perdre de temps. Il ajouta, pour la forme :

— Si jamais il réapparaît, ne manquez pas de nous le signaler.

— Vous pouvez compter sur moi ! dit la femme, hypocrite, et qui n'en pensait pas un mot.

— Une dernière question : c'était à peu près à quelle heure ?

— J'ai pas regardé l'heure sur mon portable, mais c'était tôt.

Puis, plus hypocrite encore et avec un air sournois :

— Il y a au moins trois bonnes heures.

Quand, revenu à son bureau, Moreau prit connaissance du contenu du sac, il poussa une exclamation :

— Regarde ça ! Enzo, on le tient peut-être !

Dutertre examina attentivement le contenu du sac plastique, en sortant soigneusement chaque élément avec un gant.

— C'est quand même trop tard pour prévenir nos collègues de Hyères. Le premier bateau est arrivé à la Tour Fondue depuis pas mal de temps, le suivant aussi sans doute. Enzo, il est sans doute loin, à l'heure actuelle...

— On va quand même interroger la brigade. S'il a une planque là-bas, nos collègues doivent savoir où. On peut aussi vérifier les caméras de surveillance du port.

Il eut Dronsard au téléphone.

— Enzo Scarpetto ? Il y a pas longtemps, Mado ne jurait que par lui. Mado, du Bar Chic. Mais je crois que c'est fini entre eux. Peut-être Sofia, qui tient un soi-disant salon de coiffure, rue Barbacane. Je me renseigne et je te rappelle.

Le lundi, le salon de coiffure de Sofia était fermé. L'arrière-boutique où elle recevait parfois des clients pour d'autres activités que la coiffure, ressemblait, version fauché, à l'appartement fin de siècle des cocottes de l'époque. Fauteuils, canapé, poufs débordaient de poupées-coussins, de fanfreluches, de dentelles et de pompons. Une playlist diffusait une musique lounge depuis une petite enceinte connectée.

— C'est un décor, hein ? disait Sofia. Je suis sûre qu'il n'y en a pas un pareil dans tout le département ! J'ai même eu des influenceuses qui sont venues faire des photos ici.

Sofia. Si elle ne pouvait tout de même pas figurer dans le livre des records, elle n'en faisait pas moins fort gaillardement son poids. "Tu es bien en chair !" lui disait parfois Enzo, qui aimait se vautrer, les claquer amicalement de la main et s'engloutir dans les rotondités plus fermes qu'elles n'en avaient l'air de cette naïve, parfois rusée, accueillant les vieux messieurs et les adolescents timides de la vieille ville avec une bonne volonté sans égale. Sofia n'avait jamais été embarrassée par ses formes généreuses; elle les assumait pleinement, évoluant dans les vêtements colorés et audacieux qu'elle choisissait spécialement pour mettre en valeur sa silhouette. Un espace. Un espace de plaisir quand, dans le noir, car il ne fallait pas pousser le bouchon trop loin, Enzo se répandait sur cette surface large mais douce, tendre, chaude, ne ménageant pas ses efforts pour que son homme ait tout son soûl de jouissance. Elle protestait pour la forme, mais avec véhémence, quand il l'accusait de ne pas réserver à lui seul ses délices un brin gélatineuses.

— Moi, te tromper ? Tu délires ! Il y a dans le coin plus de belles nanas qu'il n'en faut pour satisfaire les frustrés de toute la ville ! Moi, je me réserve pour toi, mon gros rat, et tu le sais très bien ! Dis-le, mais dis-le donc qu'aucune autre meuf ne t'a jamais donné autant de plaisir que moi !

Elle serrait son visage entre ses gros seins et il acquiesçait avec un râle de plaisir.

Ce matin-là, cependant, Enzo avait trouvé close la porte donnant sur la ruelle, en quelque sorte la porte de l'appartement. Devant la fenêtre de la cuisine, les rideaux étaient tirés et cela aussi n'était pas normal. Sofia aimait se lever tôt, ouvrir la fenêtre, s'offrir en déshabillé aux regards envieux de ses voisins et, de surcroît, nourrir d'abondance tous les chats errants. Où pouvait-elle bien être ? Il frappa à la porte, d'abord doucement, puis de plus en plus fort. Au risque d'alerter les passants ricanants, il se décida à appeler :

— Sofia, ouvre, je sais que t'es là !

— On l'a pas vue de la matinée ! lança une voisine au nez pointu et au chignon bardé de bigoudis, qui entrouvrit ses volets. Son Instagram n'a pas été mis à jour depuis hier. Mais j'y pense, elle n'est peut-être pas seule...

L'insinuation fit battre plus vite le cœur ombrageux d'Enzo.

— Pas seule ? Qu'est-ce que vous voulez dire par là ?

— On sait ce qu'on sait...

Le volet claqua sur cette perfidie dite d'une voix douce et, hors de lui, Enzo frappa de plus belle contre le rempart de chêne qui avait, depuis longtemps, perdu son vernis.

— Sofia, ouvre, ou je défonce la porte !

Ce dont il aurait été bien incapable, mais il pensait que pareille menace faisait toujours son effet. Elle le fit, effectivement. L'oreille tendue, il perçut le glissement d'un pas, puis une voix aiguë - une toute petite voix cependant dans un si grand corps - lança :

— Qu'est-ce que c'est ? Y a pas le feu, non ? Et le lundi...

Le verrou claqua et Enzo découvrit une Sofia à la fois revêche et désemparée, dans un déshabillé d'un rouge agressif, les pieds perdus dans des mules roses à larges pompons. Il eut un instinctif mouvement de recul, tant la vision lui paraissait inhabituelle. Toutes les chairs relâchées dans le déshabillé flamboyant, la chevelure rousse défaite sur les épaules, Sofia ressemblait vaguement à ces phénomènes de foire que l'on exhibe pour quelques euros. Mais son visage expressif, ses yeux vifs et sa présence imposante dégageaient une sensualité assumée et une confiance en soi qui la rendaient séduisante malgré tout. La voix cinglante de Sofia ramena Enzo à la réalité :

— Je t'attendais pas. Qu'est-ce qui t'arrive ? À pareille heure ! T'as quand même pas le feu aux fesses !

— Mon minou, il est près de onze heures et j'ai des emmerdes !

— Des emmerdes, des emmerdes, qui n'en a pas ? Le lundi, tu sais très bien que j'aime faire la grasse matinée. Débarquer chez les gens sans prévenir... T'aurais pu m'envoyer un message ! Mais monsieur sans gêne s'imagine qu'il peut venir comme ça...

— Y a quelqu'un chez toi ? dit Enzo, sensible soudain à un pas qui se voulait furtif et discret, derrière la porte de la chambre.

— Comment ça, y a quelqu'un chez moi ? Non mais franchement ! Quelqu'un chez moi... Comme si j'avais l'habitude d'accueillir des gens dans ma chambre !

Sans tenir compte de ses protestations, Enzo se rua sur la porte, le temps de voir celle donnant sur le salon de coiffure se refermer. Il bondit mais trop tard ; le rideau de fer du magasin venait de grincer. Il se précipita, mais qui aurait-il pu reconnaître dans la foule des touristes qui commençait à envahir la vieille ville ?

Pareille au reste de l'appartement, la chambre de Sofia était éclairée par deux lampes aux abat-jour de soie diffusant une fade couleur orange. Sofia n'avait eu que le temps de tirer la couverture, mais elle l'avait mal fait. Enzo découvrit ce qu'il redoutait : l'empreinte de deux têtes sur le traversin, de deux corps dans des draps encore chauds. Un iPad abandonné sur la table de nuit diffusait encore une musique douce.

Les mains sur les hanches, ce qui faisait presque jaillir du déshabillé les seins nus, Sofia, l'œil furibond, était prête à accueillir comme il convient la colère d'un Enzo que, d'ailleurs, elle ne redoutait guère. D'une chiquenaude, même si elle ne l'avait jamais fait, elle savait qu'elle pouvait l'envoyer valdinguer à l'autre bout de la pièce. Tentée un instant, mais jugeant, elle aussi, que la meilleure défense était l'attaque, elle lança :

— Tu me dis enfin ce que tu viens faire ici à pareille heure ? Et je le répète, sans prévenir ? Le smartphone n'est pas fait pour les chiens, que je sache ! Mais monsieur se croit toujours en territoire conquis ! Monsieur débarque, il faudrait être là, à son service ! Monsieur voudrait peut-être que je lui fasse des gâteries !

À cette évocation, il ne put s'empêcher de crier :

— Des gâteries ! Comme si tu ne les avais pas réservées au type qui vient de se barrer ! Va te voir dans la glace ! T'as des valises qui descendent jusqu'au milieu des joues ! Des gâteries ! J'ai pas le temps de tourner le dos que tu fourres un mec dans ton lit ! Et ça vous jure fidélité, et ça vous dit que c'est pour la vie ! Et que personne lui fait mieux l'amour que moi !

Elle tapait le parquet de ses mules, puis elle lança les mains en avant, comme si elle voulait le gifler.

— Pauvre abruti qui croit tout ce que les bonnes femmes lui disent quand il leur fait l'amour ! Mais des comme toi, il y en a des masses ! Y a qu'à se baisser pour en ramasser ! Et celui-là qui croit que son petit engin vaut plus que celui des autres ! Un engin qu'on pourrait prendre avec une pince à épiler !

Sa réplique était cinglante, mais son regard trahissait une blessure. Sous ses airs bravaches, Sofia cachait une sensibilité que peu de gens soupçonnaient. Cette capacité à tenir tête, à ne pas se laisser écraser malgré son physique qui attirait souvent moqueries et préjugés, elle l'avait forgée au fil des années.

Enzo bondit, la saisit aux hanches et la bascula sur le lit. Surprise, désarmée, elle résista de toutes ses forces, puis se dit très vite qu'après tout céder, c'était autant de gagné. Le temps qu'il prenne son petit plaisir vite fait bien fait, elle trouverait le moyen de le berner et de lui faire avaler sans broncher un de ces gros mensonges dont elle avait le secret.

Déjà, les mains rapaces et velues d'Enzo s'acharnaient sur le déshabillé cerise ; elle pensa qu'il valait mieux l'aider car il serait capable de le réduire en loques, alors qu'elle l'avait payé un prix assez élevé - "un déshabillé de princesse !" avait-elle lu sur un site de vêtements body-positive qui proposait enfin des modèles tendance pour les femmes de toutes les morphologies. Alors qu'il commençait à murmurer des "Je t'aime ! Je t'aime !" aussi faux que les filtres beauté sur les réseaux sociaux, des coups furent simultanément frappés à la porte de l'appartement et à la grille du magasin.

D'une poussée de bras, Sofia se dégagea d'un Enzo qui bondit sur ses pattes maigres, rajusta tant bien que mal son pantalon.

— Tu me sors de là ! souffla-t-il. Tu me sors de là ou je ne réponds plus de rien !

Sofia rajusta son déshabillé et ne se laissa pas démonter.

— Tu veux jouer les pères Noël et t'enfuir par la cheminée ? T'entends rien ? Si ce sont les flics qui te cherchent, ils doivent être postés devant ou à côté des deux portes. Et des portes, moi, j'en ai que deux à t'offrir !

Il suggéra :

— Par la cave...

Tandis que les coups redoublaient, elle le regarda avec une pitié glacée :

— Et tu irais comment, à la cave ? La cave, on peut y accéder par la rue et seulement par la rue !

— Alors, t'ouvres pas !

— Facile à dire ! Et pourquoi t'as peur, d'abord ? Je te l'ai demandé tout à l'heure et tu m'as pas répondu. T'as fait une connerie ?

Il baissa la tête sans répondre.

— Une grosse connerie ?

Sofia pensa qu'elle avait tout à perdre en n'obtempérant pas aux ordres qu'elles entendait clairement maintenant :

— Police, ouvrez ! Nous savons que vous êtes là !

Elle obéit, toisa les gendarmes qui paraissaient aussi surpris qu'elle, tandis qu'elle marmonnait :

— D'abord, vous êtes pas des policiers, et ensuite vous venez déranger aux aurores une honnête commerçante le jour de fermeture hebdomadaire de son magasin ! Vous manquez pas d'air !

— En fait d'aurore, dit Dutertre, nous vous faisons remarquer qu'il n'est pas loin de midi, ensuite nous vous précisons que ce n'est pas après vous que nous en avons, mais au dénommé Enzo Scarpetto. Si vous ne voulez pas être accusée plus tard de complicité, vous avez tout intérêt à nous dire où il se cache.

Son air étonné ne fit illusion à personne.

— Qui ça ?

— Vous m'avez très bien entendu. On l'a vu qui pénétrait chez vous tout à l'heure. Vous préférez qu'on vous embarque à sa place ?

— Et d'abord, qu'est-ce que vous lui reprochez à Enzo ? Il a passé toute la nuit avec moi, ici, et...

Dutertre remarqua comment, malgré la situation, cette femme cherchait à garder sa dignité. Dans son regard passait un mélange de défi et d'inquiétude - celle de quelqu'un qui savait que les ennuis qui arrivaient étaient peut-être plus graves qu'elle ne l'imaginait.

Un instant, Moreau avait eu envie de laisser une porte dégagée, de poster des gendarmes alentour, mais il y avait renoncé ; des curieux se seraient agglutinés et auraient, de ce fait et de toute façon, donné l'alerte à Enzo. Il n'aimait pas les déploiements spectaculaires.

Une voix leur parvint de la chambre :

— Te fatigue pas, Sofia. Ils me veulent, je suis à eux. Je veux pas te créer des emmerdes. D'abord, j'ai rien fait. Alors...

Un Enzo s'essayant à porter beau parut sur le seuil de la chambre. Surpris, mais s'efforçant de ne pas le laisser paraître, préparant déjà les menottes, Dutertre s'avançait vers lui.

D'un coup d'œil, Enzo avait vu les curieux se rassembler devant la porte restée ouverte et Sofia, presque insensiblement, après lui avoir lancé un clin d'œil, se poster devant Moreau. Il ne disposait que de quelques secondes pour que l'effet de surprise joue à plein. D'un élan, bousculant Dutertre, qui faillit en lâcher les menottes, il bondit vers la porte, écarta à coups d'épaule les badauds et se perdit dans une ruelle adjacente. Une rapidité de chat et une Sofia goguenarde, qui rit moins quand Moreau lui dit, alors que Dutertre s'était lancé à la poursuite du fuyard :

— Vous, on vous embarque. Entrave à la justice. Des questions à vous poser. Vous avez intérêt à nous dire tout ce que vous savez !

Sofia, le regard soudain grave, se redressa de toute sa taille impressionnante.

— Vous allez m'embarquer ? Soit.

La confiance qu'elle affichait n'était pas feinte, mais s'accompagnait d'une inquiétude grandissante. Que pouvait bien avoir fait Enzo pour mériter une telle attention de la gendarmerie ?

Le docteur Olivier Villevert habitait le quartier chic de la ville, dénommé "Le Paradis", sans doute parce qu'il enchâssait dans ses verdures, outre le vieux château aux remparts impressionnants, des demeures où les notables dominaient géographiquement le reste de la population. Les habituelles et classiques résidences, avec piscine, tennis, pelouses, ornant des villas au style souvent prétentieux et qu'aucun urbaniste n'avait harmonisées, faute, pour la municipalité, de s'assurer le concours de l'un d'entre eux. À l'entrée du quartier, un panneau discret rappelait aux habitants que les restrictions d'eau s'appliquaient même ici, malgré les récentes protestations des propriétaires de piscines.

Vétérinaire de son état, le docteur Olivier Villevert portait beau une cinquantaine bien avancée marquée par des rides profondes et par le grisonnement des cheveux, qu'il avait bruns et très fournis, casquant un front un peu étroit. Des yeux plutôt petits et très noirs derrière des lunettes cerclées d'or, une bouche que bien des Hyéroises, disait-on, appréciaient. Il avait épousé, quelque vingt ans plus tôt, et la fille et la petite fortune d'un vigneron de la vallée de Sauvebonne, qui avait réussi à force d'intrigues à faire classer un vin sans qualité particulière. Réorienté vers l'agriculture biologique et le marketing digital, le domaine avait acquis une nouvelle réputation. Doté d'une appellation pompeuse, il assurait de confortables revenus à un vieil original misogyne, que le beau docteur Villevert avait réussi à subjuguer. Le vieil homme ne jurait que par son gendre, considérant son fils cadet comme un bon à rien et, la veille de sa mort, avait fait en sorte qu'Olivier eût la haute main sur le clos Vinseault.

Dès lors, le vétérinaire n'exerçait plus son métier qu'en dilettante, réservant ses soins à des animaux de luxe, fierté de quelques-unes de ses voisines.

— Tu rentres tôt, lui dit sa femme, venue l'accueillir sur le seuil de la vaste demeure construite suivant les plans d'un fort coûteux architecte, qui se piquait de révolutionner l'habitat de la Côte d'Azur.

Des pièces gigognes aux murs multicolores, une terrasse immense faisant presque le tour de la maison et une piscine aux eaux bouillonnantes, où l'on pouvait, disait l'homme de l'art, perdre à vue d'œil sa cellulite. Elle était équipée depuis peu d'un système de récupération d'eau de pluie, plus par souci d'image que par véritable conviction écologique.

Calamité dont n'était pas affligée Cécilia, mince et bien faite, mais un peu terne, sans beauté particulière malgré son allure soignée de femme d'une cinquantaine d'années. Elle avait pourtant un regard vif et un certain talent pour capter l'air du temps, changeant régulièrement de sujet de passion, du yoga au jardinage naturel, en passant par la cuisine fusion et le bien-être holistique. Mais la possession du clos Vinseault valait bien quelques sacrifices.

— Les enfants sont rentrés ? demanda Olivier, sans répondre à l'implicite question de sa femme.

— Pas encore mais je le répète, il est tôt. D'ailleurs, Cédric devait passer au garage, sa voiture avait un petit problème.

— Encore ! Il ne l'a que depuis quelques semaines ! Ton fils est un brise-tout ! Un Hummer blindé ne lui résisterait pas !

Olivier n'aimait guère Cédric, son fils aîné, un peu plus de dix-huit ans, - il l'avait eu très jeune - ratant systématiquement ses examens, se vantant de prouesses amoureuses nées, la plupart du temps, de son imagination, et claquant allègrement le fric que son père lui remettait chaque mois, un argent de poche arrondi par sa mère en cachette. Il n'aimait pas Cédric pour une autre raison : son fils lui ressemblait si peu qu'il doutait de sa paternité. Peu de temps après leur mariage, le bruit n'avait-il pas couru que sa femme avait conservé un amant de jeunesse, poète à ses heures, peintre au génie méconnu et dont, suprême défi, une des toiles ornait un des murs du salon ?

— C'est pas sa faute, dit Cécilia avec une énergie qui la surprit elle-même. Il a été accroché par un camion. Mais c'est sans gravité. Elle a pris des photos pour l'assurance, juste avant de me les envoyer. Quant à Julia, elle passe la journée à Cannes, avec ses cousins.

— On déjeunera sans eux, si Cédric n'est pas là à midi. J'ai un rendez-vous très tôt.

— Un rendez-vous ? Mais ton cabinet n'ouvre pas le lundi !

— Pas un rendez-vous professionnel. Je t'expliquerai. C'est sans grande importance, d'ailleurs, mais il faut que je m'y rende.

— N'oublie pas qu'on a un vernissage à la galerie du Casino.

— À dix-neuf heures ! Je serai rentré bien avant.

Ils se parlaient sans chaleur, presque machinalement, comme si aucun d'eux n'écoutait ce que disait l'autre. À la complicité des premiers mois, voire des premières années, avait lentement succédé une neutralité aggravée par les pesanteurs de l'habitude. Qu'étaient-ils l'un pour l'autre ? Ils ne se posaient plus la question depuis bien longtemps, vivaient côte à côte une vie différente, sans aucun éclat ni conflit et, dans la bourgeoisie qu'ils fréquentaient, parce qu'il faut bien tenir un certain rang, ils passaient pour un couple uni et sans histoires.

— Je donne des ordres et on passe à table dans moins d'un quart d'heure, dit Cécilia.

Puis, après une brève hésitation :

— J'ai rendez-vous, moi aussi, cet après-midi. Et aussi des courses urgentes. J'ai promis de passer au refuge animalier pour déposer des dons.

— Tu en as pour longtemps ?

— Aucune idée.

— De toute façon, et comme je ne sais pas à quelle heure je rentrerai, tu peux disposer de ton après-midi. Le plus simple est que nous nous donnions rendez-vous à la galerie du Casino. Après, nous pourrions aller dîner au "Figuier". Un restaurant entre la ville et la mer, et dont on m'a dit le plus grand bien. Ils travaillent exclusivement avec des producteurs locaux.

— Si tu veux. Mais Cédric ?

Elle avait hésité avant de prononcer son nom et la sécheresse de la réplique de son mari lui confirma qu'elle aurait dû se taire.

— Eh bien quoi, Cédric ? Il n'a pas l'habitude de rester dans tes jupes, non ? Il sort, Cédric, et plus souvent qu'il ne le faudrait !

— Ce soir, il avait décidé... Mais ça n'est pas grave...

Elle ne voulait pas lui avouer que Cédric, rabroué par une fille, ce qui ne lui arrivait pratiquement jamais, se sentait mal dans sa peau depuis quelques jours. Son profil Tinder avait été signalé pour comportement inapproprié suite à plusieurs plaintes, et cela l'avait particulièrement affecté. Les clubs, son habituel refuge, ne lui suffisaient plus, les rencontres hâtives non plus. Cécilia s'attendrissait sur son premier chagrin d'amour, même si elle soupçonnait qu'il y avait autre chose.

— Il avait décidé quoi ? De rester ici ? Ce serait nouveau, ça ! Eh bien, il dînera seul et il regardera un film sur Netflix. Un film bien débile, de ceux qu'il aime en général ! Sur ce, je vais prendre une douche, il fait une telle chaleur ! Je te rejoins à la salle à manger.

Cécilia resta sans voix, se dit que son mari avait sans doute rendez-vous l'après-midi avec une nouvelle maîtresse. La précédente ayant fait un éclat dans le restaurant le plus huppé de la ville, des échos fielleux en étaient parvenus jusqu'à elle, relayés par le groupe WhatsApp de ses soit-disant amies. Ils déjeunèrent en silence, sans se regarder, mangeant du bout des dents les mets pourtant délicieux, mitonnés par une cuisinière imaginative.

— Une perle ! disait Cécilia à ses amies. Et une science de la cuisine, vous ne pouvez pas savoir ! Inventant presque chaque jour de nouvelles recettes ! Je l'invite d'ailleurs à les noter dans un cahier. On ne sait jamais... Les recettes de Julie ! Ça serait d'un drôle ! Elle pourrait même lancer sa chaîne YouTube, vu la qualité de ses plats.

Olivier Villevert n'attendit pas le dessert.

— Pas le temps ! dit-il en consultant son smartphone. Je file. Rendez-vous en fin d'après-midi à la galerie du Casino, comme convenu.

Il effleura d'un baiser machinal le front de sa femme, sauta dans son coupé Mercedes électrique.

Le coup de fil avait été mystérieux. D'abord, il avait cru à une plaisanterie, même s'il n'y était pas accoutumé. On n'a pas l'habitude de jouer avec le téléphone d'un vétérinaire.

— Allô, le docteur Villevert ? Il faut absolument que je vous voie. C'est très important. Vous pouvez être cet après-midi à quatorze heures près de Notre-Dame de Consolation, sur la colline de Costebelle ?

— Je ne comprends pas. Que vous me voyiez pour me dire quoi ? Et pourquoi pas par téléphone ou par visioconférence ? D'abord, qui êtes-vous ?

— Mon nom ne vous dirait rien et ça n'a d'ailleurs pas d'importance. Je vous répète que je n'ai pas l'intention de vous déranger inutilement.

— Un rendez-vous comme ça, sans que je sache rien... Vous croyez que je peux abandonner mon cabinet, ma clientèle...

— Je suis passé ce matin devant votre cabinet. La plaque indique qu'il est fermé le lundi après-midi. Or, nous sommes bien lundi, non ? Si vous ne venez pas au rendez-vous, vous risquez gros. Et les vôtres aussi, d'ailleurs.

— Une menace ? Je vous préviens que si vous voulez me faire chanter, vous vous êtes trompé d'interlocuteur. Je ne vois pas dans ma vie le moindre motif de chantage. De plus, je vous précise que je ne suis pas homme à y céder. On sait où cela mène. Le chantage ; jamais !

Il s'énervait et, au bout du fil, la voix douce de son interlocuteur le doucha :

— Je sais.

— Comment ça, vous savez ?

— Je vous connais. Je vous connais même bien.

— Vous me... Écoutez monsieur, nous perdons notre temps. Vous me dites au téléphone ce que vous attendez de moi ou je raccroche !

— Mais non, vous ne raccrocherez pas ! Ou alors, je ne réponds de rien. Tant pis pour vous.

— Attendez !

— Non, je n'attends pas ! Je ne le répéterai plus : rendez-vous cet après-midi à quatorze heures, près de Notre-Dame de Consolation, à côté de la table d'orientation. À quatorze heures précises. J'ajoute que je n'aime pas attendre et que si vous ne venez pas, vous pourriez le regretter longtemps...

Avant qu'Olivier ait eu le temps de demander de plus amples explications, son interlocuteur avait raccroché. Il avait immédiatement tenté de voir si le numéro était identifiable, mais l'appel provenait d'une ligne masquée.

En ce début d'après-midi, la circulation était fluide et le docteur Villevert se demandait encore pourquoi il avait cédé aux injonctions de cet inconnu, d'autant plus redoutable que sa voix était douce, insinuante presque, persuasive en tout cas puisqu'il était là, sur la route de Costebelle, se dirigeant vers le lieu du rendez-vous presque par force. De ce rendez-vous, quelque chose lui disait qu'il avait tout à redouter. Un amant trompé ? On n'était plus au temps du vaudeville ; Feydeau, c'était loin, même si, à Paris, des comédiens prenaient plaisir à reprendre ses pièces à longueur d'année. Un mari jaloux, c'était ce qui lui était venu tout de suite à l'esprit, mais il y avait longtemps qu'il ne trompait plus Cécilia avec des femmes mariées, Dorothée lui suffisant largement, une Dorothée insatiable, dévastatrice, d'une jalousie quasi maladive, qui s'obstinait à le pousser au divorce, ce qui le gênait sans l'inquiéter outre mesure. Divorcer ? Jamais ! Ce serait d'une part perdre une partie de sa clientèle bourgeoise, de l'autre s'aliéner, et c'était infiniment plus grave, les Vinseault. À moins que la menace ne vienne de Dorothée elle-même. N'avait-elle pas un frère-parasite, dont elle parlait avec beaucoup de réticence et qui, financièrement, la ponctionnait ?

Olivier s'en était rendu compte aux demandes d'argent de Dorothée, après chacun des passages de son frère chez elle.

Et si c'était ce garçon, jamais vu d'ailleurs, qui entendait le faire chanter ? À moins que son fils Cédric n'ait fait quelque bêtise monumentale ? Avec ce petit con, ne devait-il pas s'attendre à tout ? C'était ça, sans doute. Et si, au lieu d'un accrochage avec un camion, Cédric avait blessé quelqu'un avec sa voiture, une voiture qu'il conduisait à tombeau ouvert pour épater ses copines ? Tel qu'il le connaissait, il aurait pu s'enfuir et être reconnu... Ou pire, si quelqu'un avait filmé la scène et la diffusait sur les réseaux sociaux ?

Il se gara sur le parking devant l'église qui avait fait frémir d'horreur les traditionalistes, quand on l'avait construite après la seconde guerre mondiale, sur les ruines de l'ancienne, vénérée, elle, tout comme l'immense et très saint-sulpicienne statue de la Vierge, conservée au dos du bâtiment, face à la mer. Un parking presque vide et pas de visiteurs. Ce qui lui parut normal, étant donnée la chaleur accablante qui régnait, encore aggravée par cet épisode caniculaire qui s'éternisait depuis plus de deux semaines. Personne en vue, non plus. Il consulta son smartphone ; il était légèrement en avance.

Il s'avança vers le terre-plein, à côté de l'église et, avant de s'approcher de la table d'orientation, il contempla une nouvelle fois le panorama qui s'ouvrait à ses pieds : la ville étalée, les plages derrière les pins, les champs de fleurs protégés par des serres, la piste d'atterrissage, enfin, où un Airbus venait de se poser. Il nota mentalement que cette végétation luxuriante survivait difficilement à la multiplication des épisodes de sécheresse, comme l'attestaient les pins parasols jaunis et les palmiers desséchés sur certaines parcelles. À nouveau, il consulta son smartphone. Quatorze heures dix. L'inconnu ne viendrait pas, lui qui avait insisté sur les quatorze heures précises.

Un froissement de branches, un pas qui trébuche et un homme d'à peu près son âge que, d'abord, il ne reconnut pas. Non pas à cause du masque figé, des moustaches, qui paraissaient postiches, des lunettes de soleil, mais parce qu'il était comme fasciné par le revolver qui ne tremblait pas dans sa main gauche. L'homme parut savourer l'incompréhension dans le regard d'Olivier, puis la lente montée de la peur, qui accentuait le tic nerveux de sa lèvre, modifiait le son de sa voix.

— Qu'est-ce qui vous prend ? Qu'est-ce que vous me voulez ? Vous êtes fou !

Il s'efforçait, sans y parvenir, de jouer un rôle, de montrer qu'il ne se laisserait pas impressionner, que ce revolver muni d'un silencieux braqué sur lui ne lui faisait perdre aucun de ses moyens. En vain. L'inconnu, c'était visible, jouissait de la terreur qui, maintenant, faisait trembler Olivier. D'autant plus qu'il restait immobile, que le chant des cigales dans les pins devenait entêtant et qu'il n'y avait personne alentour, de qui Olivier eût pu solliciter de l'aide.

— Je ne vous connais pas ! C'est dingue ça !

— Il faut donc que je te rafraîchisse la mémoire. Regarde-moi et souviens-toi... Tu aurais beau supplier, te mettre à genoux, te traîner à mes pieds comme dans les mauvais romans, c'est trop tard !

Il quitta ses lunettes, arracha sa fausse moustache, passa sa main libre dans ses cheveux :

— Regarde-moi bien, bordel !

— Moustique... dit Olivier d'une voix blanche. Tu ne vas pas...

Le silencieux cracha deux fois et Olivier s'écroula, roula sur le rocher en contrebas. Un rocher nu, ce qui facilita la besogne de l'inconnu. Il sortit de sa poche une fiole d'alcool, arrosa les vêtements d'Olivier, puis jeta sur eux une allumette enflammée.

Après s'être assuré que le corps commençait bien à brûler, l'homme s'éloigna d'un pas tranquille, remit ses lunettes de soleil et sortit son téléphone. D'un geste machinal, il désactiva l'application qui masquait son numéro lors des appels. Sa mission était accomplie.

Assise à côté d'un Moreau un peu emprunté, furieux d'avoir laissé filer Enzo et d'avoir à se rabattre sur une possible prévenue de moindre envergure, Sofia ne disait mot. Irritée et inquiète, le rouge de la honte encore à ses joues parce qu'elle avait dû, entourée de deux gendarmes, descendre la rue où elle exerçait son métier de coiffeuse depuis tant d'années, où elle était connue de tous pour son franc-parler, où on fermait les yeux sur ses frasques parce qu'elle avait le cœur sur la main et qu'on l'aimait bien, Sofia se faisait un point d'honneur à ne pas parler à ces deux hommes qui ne lui avaient laissé que dix minutes pour se préparer. Dix minutes ! Comme si c'était suffisant pour faire sa toilette, se maquiller, choisir la tenue la plus classique possible. Elle avait à peine eu le temps de mettre à jour son statut en ligne, suscitant déjà une avalanche de notifications sur son smartphone. Et puis, elle pensa à Enzo et elle sourit à l'idée qu'il avait pu échapper à ces balourds de gendarmes, tout juste bons, selon elle, à traquer les automobilistes sur les routes.

Composée de plusieurs corps de bâtiments récemment construits, agréables à l'œil malgré leur couleur crevette un peu trop soutenue, la gendarmerie se trouvait un peu en dehors de l'agglomération, sur la route de Toulon. Un panneau solaire de grande taille couvrait une partie du toit du bâtiment principal, témoignant d'un effort récent pour réduire l'empreinte carbone des infrastructures publiques.

Moreau ouvrit une porte, fit entrer Sofia dans un bureau que l'administration disait fonctionnel. Murs clairs, meubles aux lignes sobres, affiches récentes sur les murs ; sans trop savoir pourquoi, Sofia fut agréablement surprise.

— Asseyez-vous, dit Moreau, je reviens dans un instant.

Un message urgent l'attendait sur sa tablette, qu'il lut avec de plus en plus d'attention. Dutertre le vit changer d'expression.

— Plus de doute, dit Moreau. La cordelette que nous avons trouvée dans les affaires d'Enzo est bien celle qui a servi à étrangler Chloé Leduc. Le labo est formel. Des traces d'ADN d'un côté, des fragments de fibre de l'autre. L'ADN de la fille et la fibre sur son cou. Avec les nouvelles techniques, ces labos font des miracles ! De mon temps...

— Reste à trouver Enzo, et ça, c'est une autre affaire. Il connaît la vieille ville comme sa poche, mais rien ne nous dit, d'ailleurs, qu'il s'y trouve encore. Il a très bien pu réintégrer le milieu de Toulon qui, de son côté, se débrouillera pour le mettre au vert. Ses données de géolocalisation indiquent qu'il est passé par la gare, mais la trace s'arrête là.

— Je suis persuadé que Sofia en sait beaucoup sur lui. Mais pour la faire parler celle-là, ça va être galère ! Malgré sa taille, elle est de celles qui vous filent entre les doigts comme une anguille !

Sereine maintenant, en apparence décontractée, fumant une cigarette électronique qu'elle s'empressa de ranger dans son sac quand les deux gendarmes regagnèrent le bureau, Sofia dit d'une voix qu'elle s'efforça de rendre la plus impersonnelle possible :

— Vous allez pas me garder cent sept ans, non ? J'ai à faire, moi. Le lundi, c'est le jour de la lessive et le linge d'un salon de coiffure, vous pouvez pas savoir ce qu'il peut s'en accumuler pendant une semaine ! Sans compter les messages de mes clientes qui s'inquiètent déjà de mon absence.

— Tout dépend de vous, dit Moreau, suave.

— Comment ça, tout dépend de moi ? Faut pas confondre ! J'ai rien à voir avec les combines d'Enzo, moi ! On couche ensemble, bon, on s'entend bien au lit, et puis basta ! Ce qu'il fait en dehors des moments qu'il passe avec moi, je le sais pas et je veux pas le savoir !

— Il ne vit quand même pas de l'air du temps ?

— Si vous voulez insinuer que je l'entretiens, là, vous vous plantez complètement ! Moi, me payer un gigolo, manquerait plus que ça ! Un gigolo ! Bien assez que je le fasse pas payer !

Elle s'interrompit, s'agita sur sa chaise qui tangua dangereusement, puis reprit, moins véhémente :

— Enfin, je me comprends...

Sofia était plus complexe que ce que son attitude provocatrice laissait croire. Sous ses airs bravaches, elle portait une sensibilité à fleur de peau qu'elle masquait soigneusement. Dans ce bureau austère, elle se sentait jugée, non seulement pour ses liens avec Enzo, mais aussi pour son apparence, sa façon de vivre, ses choix personnels.

— Ne me dites pas que vous ne connaissez rien de ses activités ?

— J'en sais peut-être moins que vous. Oh, une fois, il m'a bien demandé de lui planquer un paquet pour quelques jours, mais je lui ai dit non. J'ai ma petite entreprise à faire tourner, moi, je joue pas avec ça.

— Et ce paquet contenant quoi ?

— Adjudant, ne jouez pas au plus fin avec moi, ça marche pas. Je l'ai pas ouvert ce paquet, puisqu'il ne me l'a pas apporté ! Je l'aime bien, Enzo, mais je vous dis le fond de ma pensée : côté trafic, c'est un petit minable. Voilà. Je peux m'en aller ?

— Pas si vite. Vous êtes au courant de l'assassinat de Chloé Leduc, à Mirande ? Cette fille qu'on a trouvée étranglée et à moitié carbonisée...

— Je suis l'actualité sur mon téléphone comme tout le monde. Entre les alertes d'infos et les réseaux sociaux, faudrait être coupé du monde pour pas être au courant. Tout le monde en parle dans mon salon. Certaines clientes ont même annulé leurs rendez-vous parce qu'elles ont peur de sortir.

— Vous seriez surprise si je vous disais que nous avons aujourd'hui la preuve que c'est votre Enzo, l'assassin ?

La stupéfaction de Sofia n'était pas feinte. Sous le maquillage, le rouge de ses joues perçait. Elle s'agita sur sa chaise, qui tangua à nouveau, tripota son paquet de cigarettes électronique mais n'osa en tirer une bouffée, puis, à la surprise des deux hommes, se mit à vociférer :

— Je vous connais bien, vous, les gendarmes ! Vous racontez n'importe quoi pour savoir la vérité ! Je ne vous crois pas ! Enzo, étrangler une fille, vous avez été chercher ça où ?

— Dans le rapport du laboratoire de police que je viens de trouver en arrivant.

Elle se calma et dit d'une voix sourde :

— Et il dit quoi, ce rapport ?

Moreau le lui résuma avec les mots les plus simples ; elle secoua la tête, ce qui fit trembler l'échafaudage savant de la chevelure laquée.

— Ne me dites pas qu'un simple bout de cordelette... Des cordelettes, on en trouve sur tous les marchés, même sur Amazon...

— Mais sur ceux-là, on ne découvre pas des fragments d'ADN, si minuscules soient-ils.

— Et vous m'affirmez que ce sont bien ceux de la fille que vos labos ont trouvés ?

— Sans aucun doute.

— Alors, moi, je suis une super conne, c'est ça ? Enzo, étrangler une fille... Et pourquoi ?

— Étranglée et violée.

— Violée, alors que je lui donne tout ce qu'il veut ? Tout, vous m'entendez ! Même que des fois... Mais ça, c'est trop intime pour que je vous en parle. Ça voudrait dire que je ne lui suffisais pas ?

— C'est peut-être un peu plus compliqué que ça...

Tant de naïveté désarmait les deux gendarmes. Moreau reprit :

— Certaines pulsions, vous savez... Les psychopathes, c'est ça...

— Les quoi ?

— Les psychopathes.

Là encore, Moreau dut lui expliquer en termes simples ce qu'étaient les psychopathes.

Elle passa un doigt sur ses paupières et Dutertre n'osa lui dire que son rimmel dessinait sur le côté un trait noirâtre à la fois comique et pathétique. Au bord des larmes, elle se retint, murmura comme une litanie :

— Ça alors !... Ça alors !... Enzo psycho... enfin, psycho quelque chose...

Moreau eut envie de lui avancer un fauteuil où elle serait plus à l'aise que sur la chaise étroite dans laquelle elle s'était, tant bien que mal, enchâssée. Il la regarda avec une attention nouvelle, notant son désarroi sincère, la façon dont ses mains aux ongles soigneusement manucurés se tordaient nerveusement. Derrière l'apparence excessive, il percevait maintenant une femme blessée, confrontée à une réalité qui ébranlait toutes ses certitudes. Elle se moucha bruyamment, se ressaisit vite, ce qui les surprit :

— Bon. Vous me dites ce que vous attendez de moi, je vous raconte ce que je sais et qu'on en finisse !

— Enzo, vous le connaissez depuis combien de temps ?

— Deux ou trois ans, un peu plus peut-être... Mais est-ce que ça a de l'importance ? Je l'ai rencontré lors d'un festival de musique électro, on dansait sur la place de la République, c'était pendant les festivités d'été. Il y avait des drapeaux et des guirlandes partout. Il faisait très chaud. On a rigolé, on s'est jeté de la barbe à papa à la figure, on a bu. Beaucoup. Bref, il a atterri dans mon lit. Et depuis, parce que ça a super bien marché, on se voit régulièrement. Oh ! il n'est pas le seul à passer dans mon plumard et ça, il le supporte pas. Jaloux comme tous les Corses, vous pouvez pas savoir !

— Quand vous l'avez connu, quel métier exerçait-il ?

— Chômeur. Les petits boulots. Puis la petite délinquance. Parce que, je le répète, je lui ai jamais donné un sou. Amoureuse, mais pas folle. Il m'a dit plusieurs fois que ses copains de Toulon le dépannaient. J'ai compris, mais j'ai pas cherché plus loin. Du moment qu'il se faisait pas prendre... Il postulait quand même à des jobs honnêtes de temps en temps, surtout quand il voyait que j'insistais trop. Faites pas ces têtes ! Si vous pigez pas, tant pis ! Pourtant, je lui ai souvent répété que ça finirait mal, qu'il lui fallait chercher un vrai boulot, un boulot fixe. Il y a pas longtemps, il est arrivé, c'était plus le même homme ! Soso, qu'il m'a dit, c'est comme ça qu'il m'appelle dans l'intimité, Soso, ça y est, je crois que j'ai trouvé du travail. Et un boulot passionnant, dans un élevage de chiens. Il y en a un dans le haut-Var, tenu par un bonhomme genre armoire à glace, on l'a vu une fois sur YouTube, dans un reportage sur les chiens de protection pour les troupeaux face aux loups qui reviennent. Il s'appelle... Attendez... Maxime... Une couleur de cheveux... Leroux... Non, c'est pas ça. Leblond, oui. Maxime Leblond. Ce Maxime Leblond cherchait pas un maître-chien, mais un gars à former, si vous voyez ce que je veux dire. Mon Enzo, il faisait déjà des projets d'avenir. Il me disait que l'élevage des chiens, ça rapportait gros et, qu'un jour, il pourrait peut-être se mettre à son compte, quand il aurait appris le métier. Il rêvait, quoi, comme un grand gosse qu'il était...

— Et puis ?

— Et puis, ça a foiré. Il a d'ailleurs pas très bien compris pourquoi. Du jour au lendemain, le Leblond en question lui a fait dire qu'il avait changé d'avis. Il faisait peine à voir, Enzo. Lui qui se croyait sorti de son merdier ! Et dans son merdier, il y est retourné aussi sec. Ça a dû d'ailleurs bien marcher, parce qu'il s'est sapé milord ; il se payait sans cesse de nouvelles fringues. Et pas des pas chères ! Un jour, il est même rentré avec une montre connectée dernier cri alors que deux jours avant il disait qu'il n'avait pas de quoi payer son forfait mobile.

— Pouvez-vous nous dire ce qu'il faisait à Mirande, où il est connu surtout dans les bistrots et au Dauphin ?

— Enzo, il est bien partout. Des copains, des copines... Il ne m'en a jamais parlé, mais je suppose que c'est là-bas qu'il trouvait une partie de ses marchandises. Un bateau qui part, un autre qui revient, vite fait... Moins de risques que sur le continent, bien sûr. D'accord, mais entre vendre du shit ou des drogues plus dures, et violer et tuer une fille, il y a de la marge ! Vous êtes certains que la fille trempait pas, elle aussi, dans quelque histoire foireuse ?

— Les rapports que nous avons reçus sur elle ne disent rien de tel. Une étudiante en archéologie qui vient passer une journée à Mirande, une existence sans histoire dans une ville de Haute-Savoie.

Elle documentait des fouilles récentes pour sa thèse sur le patrimoine local. Non, rien. Rien ne la prédisposait à une fin pareille.

— Alors, je comprends pas. Enzo, d'habitude, c'est un doux... Elle a pas dû bien résister, la fille...

Dutertre nota le malaise qui s'installait, percevant dans ce commentaire un certain machisme intériorisé. Sofia était une femme complexe, à la fois indépendante dans ses choix de vie mais parfois prisonnière de schémas de pensée problématiques.

— Résister ou pas, elle a été violée et étranglée avec une cordelette. Et pas par un doux, si j'en crois le rapport du légiste !

— Je comprends pas. Parole !

Moreau eut un mouvement d'humeur et le regretta :

— Ne me dites pas qu'avec vous, c'était toujours le bon toutou que vous me décrivez ! Il a bien dû se passer des choses entre vous, parfois... C'est délicat... Mais en amour, disons... Pas de sévices, pas la moindre violence ?

Elle s'agita sur son siège et il se dit que, presque sans le vouloir, il avait visé juste. Elle s'en tira par une pirouette :

— Pour moi, en amour, tout est permis, du moment qu'on s'aime. Il y a des choses que j'accepterais de lui, que je tolérerais pas de quelqu'un d'autre. Je ne sais pas si je me fais bien comprendre. Mais attention, ne me faites pas dire ce que je ne dis pas. Chez moi, pas de chaînes, pas de fouets, pas de menottes... Oh ! pardon. Non, ça, c'est de la bestialité, pas de l'amour... Chacun ses limites, je respecte celles des autres et j'attends qu'on respecte les miennes.

— Et maintenant, selon vous, que va-t-il se passer ?

Elle leva les sourcils et, sous le maquillage un peu délayé par la sueur, les yeux de Sofia lui parurent étrangement agrandis :

— Comment voulez-vous que je le sache ? Si c'est lui qui a fait le coup, il est bien évident qu'il va pas réapparaître demain. Quant à vous dire où il a pu se réfugier, ça... Le milieu toulonnais a beaucoup de planques, vous le savez aussi bien que moi. On le verra peut-être jamais plus. Ou alors, il va revenir en douce chez moi.

— Et vous le recevrez, et vous accepterez de le cacher, c'est ça ? Attention, ce qu'il a fait à la fille, il pourrait vous le faire à vous, un jour où ça irait mal.

Elle eut un petit rire crispé, mais n'en porta pas moins, instinctivement, la main à sa gorge.

— Lui ? Face à moi, il ferait pas le poids !

Puis, bizarrement désinvolte :

— C'est une façon de parler, bien sûr !

Elle ricana :

— Il y a quand même des moments où il me semblait que ça tournait pas rond, chez lui...

— Expliquez-vous.

— Il me demandait un apéro qu'il ne buvait pas et il restait parfois de longs moments à regarder son verre. Une fois, je l'ai même vu tendre les bras, nouer ses doigts très fort. Pour rien. Comme un somnambule. Après ce que vous venez de m'apprendre, on pourrait penser qu'il étranglait quelqu'un d'imaginaire. Mais c'était peut-être tout aussi bien un geste machinal. Allez savoir... Une autre fois, il est resté fixé sur une vidéo de surveillance d'ours qui étouffait sa proie. Il la repassait en boucle sur son téléphone.

— Une dernière question : croyez-vous Enzo capable d'exécuter un contrat ?

Elle fit semblant de ne pas comprendre.

— Qu'est-ce que vous entendez par là ?

— Tuer un homme qu'il ne connaîtrait pas, pour de l'argent ?

— Hier encore, je vous aurais dit non. Aujourd'hui, je peux plus rien affirmer. Mais alors, ça voudrait dire que je me serais rendu compte de rien ? Avouez que, comme débile, on pourrait pas trouver mieux !

Moreau et Dutertre en surent beaucoup plus sur Enzo, un moment plus tard, quand l'imprimante cracha la fiche qu'ils venaient de demander au système central. À la lecture de la fiche signalétique de Scarpetto, Enzo, Bruno, venu de Rosny-sous-Bois, les deux hommes poussèrent des exclamations. Ils se penchèrent, relurent la fiche avec effroi et Moreau dit :

— On pouvait se passer de l'audition de Sofia ! Quel palmarès, dis donc !

Enzo Scarpetto avait été condamné une première fois pour attentat à la pudeur ; il avait à peine dix-neuf ans. Au balcon du premier étage de l'immeuble où il habitait avec ses parents, il exhibait son sexe en érection quand passaient les adolescentes d'un lycée voisin. Un an plus tard, il écopait de six mois ferme pour tentative de viol dans un bois de la région parisienne. Sorti de prison, petits boulots, vol à l'étalage, puis usage et trafic de stupéfiants.

Le rapport de l'expert psychiatre le décrivait comme un faux doux, capable des pires excès sous l'effet de la colère ou de l'alcool. "Individu violent, éprouvant parfois une haine quasi viscérale des femmes, la rancune tenace, peut devenir psychopathe si les circonstances s'y prêtent". Une note plus récente signalait son activité sur des forums en ligne misogynes où il publiait régulièrement des commentaires inquiétants.

— Et on perd ses traces jusqu'à son arrivée dans la région, conclut Moreau. Tout concorde. À Mirande, il est passé à l'acte. Reste à savoir comment il en est arrivé là.

— On fait surveiller la boutique de Sofia ? demanda Dutertre.

— Bien sûr, mais discrètement. Je pense qu'il ne reviendra que s'il est sans ressources et si le milieu l'abandonne. Ce qui ne serait pas impossible. Un viol et un meurtre sans rapport avec un trafic quelconque, en général les caïds n'aiment pas ça. Les enquêtes risquent de perturber leur gentil petit commerce.

— À moins que ce soit le milieu qui ait fait exécuter Olivier Villevert, le vétérinaire.

— Et que l'exécuteur qui a rempli le contrat soit Enzo ?

— Le SRPJ de Toulon est chargé de l'affaire. Il serait bon qu'on échange nos informations.

— Je vais leur envoyer un mail avec tout ce qu'on a. Avec les bases de données partagées, on devrait pouvoir recouper plus efficacement nos informations.

— À moins encore qu'on ne retrouve le corps d'Enzo lesté d'une pierre dans une calanque de la Côte...

— Ce qui arrangerait peut-être nos affaires, mais alors nous ne connaîtrions jamais le mot de la fin...

— Il y a tant d'affaires qui ne sont jamais élucidées... Une de plus ou de moins...

Dutertre regarda par la fenêtre. Le ciel s'était assombri et de gros nuages d'orage s'amoncelaient à l'horizon. Un éclair déchira le ciel au loin, illuminant brièvement le panneau solaire sur le toit. Comme un avertissement, pensa-t-il, que cette affaire pourrait prendre un tournant encore plus sombre.

Au pied de "L'Oliveraie", un vaste domaine adossé à la colline abrupte, qui avait en partie brûlé l'été précédent lors des incendies qui avaient ravagé le massif méditerranéen, les pensionnaires du chenil que Maxime Leblond avait fait édifier à grands frais commençaient à s'agiter.

— Faites attention ! cria Leblond. Vous savez combien nos bêtes sont sensibles à l'orage. Ces épisodes météo extrêmes les perturbent de plus en plus.

— C'est pas sûr qu'il éclate au-dessus de nous, l'orage, dit Félix, un de ses aides. Regardez, le vent commence à souffler ! La météo prévoit qu'il passera plutôt au nord.

— Faites en sorte que tous nos chiens aient leur ration dans moins de vingt minutes. Et que tous les chenils soient nettoyés. Vérifiez aussi les réserves d'eau, on nous annonce de nouvelles restrictions pour la semaine prochaine.

— Si on était un peu plus nombreux... marmonna Félix.

Il s'empressa de tourner le dos sous le regard que son patron lui lançait.

Maxime Leblond. Un colosse au visage carré, les pommettes saillantes, des sourcils remontant vers les tempes, ce qui lui donnait un vague air asiatique, un regard bleu acier difficile à soutenir, quand il fixait ses interlocuteurs. Un fonceur à qui rien ne devait résister, et qui menait ses affaires et ses hommes d'une main de fer. Ses hommes : quatre gaillards presque aussi costauds que lui, engagés on ne savait où, mais rudes à la besogne et bien entraînés.

D'abord, les habitants du village de Sarians avaient peu apprécié l'installation de ce chenil.

— Des chiens de combat, à ce qu'il paraît ! Vous avez vu les vidéos qui circulent sur les réseaux sociaux ? Les gars sont habillés d'une sorte de combinaison matelassée et le chien attaque ! Et ne lâche prise que si son maître lui en donne l'ordre ! Vous imaginez ce qui se passerait si une de ces bêtes s'échappait !

— Ces chiens, on les élève pour quoi ?

— Pour la défense des grandes surfaces, pour le gardiennage de certaines propriétés, est-ce que je sais, moi ? On dit aussi qu'il forme des chiens spéciaux pour protéger les bergers contre les loups qui reviennent dans la région. La seule chose que je peux dire, c'est que ça fait peur...

Maxime Leblond était fier de son chenil, de ses hommes, en qui il avait une totale confiance, de ses chiens surtout, de pure race, dobermans, bas-rouges, bergers allemands, des bêtes au demeurant féroces mais qu'il dominait avec un orgueil quasi sensuel. Une espèce de jouissance à contraindre l'animal à ramper à ses pieds, à se coucher, à s'immobiliser sur un ordre simple et, bien sûr, à attaquer, à saisir sa proie sans jamais céder. Une impression de domination absolue, sur une force absolue. Et, accessoirement, ce qui était loin d'être négligeable, une rentabilité confortable, ses chiens étant réputés être les meilleurs dans leur catégorie, grâce notamment à une certification internationale qu'il mettait en avant sur son site web.

Chemise écossaise à dominantes rouge et noir sur des muscles durs, jean en cuir noir, boots contre lesquelles il faisait claquer presque sans arrêt une sorte de cravache, Maxime termina le tour de son chenil par la cage de Wolf, un berger allemand que ni lui ni personne n'avait réussi à dresser. Un animal en apparence inoffensif mais qui lui vouait une haine inexplicable. Il lui suffisait d'apparaître pour que l'animal superbe, au pelage roux doré, se terre dans un premier temps au fond de sa cage, avant, quand Maxime s'approchait de trop près, de bondir, tel un félin, et de retrousser ses babines sur des dents auxquelles il ne devait pas faire bon s'offrir.

Chaque jour, sans se lasser, Maxime revenait contempler l'animal rebelle, insensible aux menaces comme aux caresses verbales. Lui qui se targuait de bien connaître ses chiens et d'apprivoiser les plus farouches ne savait comment venir à bout de celui-là. Il avait tout essayé : privation de nourriture, abondance de nourriture, régime spécial, les vitamines étant dosées chaque fois de façon différente, avec l'espoir de trouver enfin la formule miracle, rien n'y faisait. Pourtant, il en était sûr, celui-là qui lui résistait de toute sa violence, celui-là viendrait un jour lui lécher la main.

Maxime secoua la tête. Ce chien, pourtant, il l'avait eu tout petit et il n'avait pas le souvenir d'une faute à son égard. Au contraire. D'emblée, l'animal l'avait rejeté. Plusieurs fois, il avait été tenté de le piquer, pour enfin n'avoir plus à affronter ses obsessions. Plusieurs fois aussi il avait refusé de le vendre à des acheteurs envers qui Wolf ne manifestait aucune agressivité. Il avait toujours refusé, comme il refusait de s'interroger sur ses vraies motivations. L'espèce de haine-amour qu'ils se vouaient l'un l'autre ajoutait du sel à sa vie, la justifiait presque, en quelque sorte.

Il appela Wolf d'une voix douce, s'approcha de sa cage avec une lenteur calculée. Bien campé sur ses pattes, l'animal le regardait s'avancer. Serait-ce enfin pour aujourd'hui ? Maxime fit encore quelques pas, en employant les mots et les inflexions de voix qui faisaient, d'habitude, se coucher à ses pieds ses autres pensionnaires. Immobilité impressionnante du chien qui ne le lâchait pas du regard. Alors que Maxime posait la main sur la porte de la cage, Wolf, toujours dents dehors, bondit dans une sorte de feulement. La porte grillagée vibra et Maxime eut juste le temps de faire un bond en arrière. Lui d'habitude si maître de lui, cria :

— Je t'aurai, sale cabot, je t'aurai !

— Quelques secondes de plus et vous risquiez d'être blessé, dit une voix derrière lui.

— J'ai encore de bons réflexes ! dit Maxime en se retournant.

Cette silhouette, ce visage calme aux yeux cachés par des lunettes de soleil aux verres bleutés, cette moustache épaisse qui dissimulait la bouche... Incapable de l'identifier dans l'instant, il dit, sans dissimuler sa surprise :

— Comment êtes-vous entré ?

— Tout bêtement par le portail. Il était ouvert.

— Vous me surprenez ! D'habitude... Je vais donner des ordres !

Puis, s'efforçant de se radoucir :

— Pour des raisons de sécurité, j'exige que mes hommes observent des règles strictes. Nos chiens sont bien enfermés, les cages sont cadenassées, sauf bien sûr pendant les exercices, mais on ne sait jamais. Une négligence... Personne n'est à l'abri d'une négligence, même si mes hommes savent qu'à la première, même minime, c'est la porte. Ça ne se reproduira plus.

Il regarda encore l'inconnu, silhouette banale dans une non moins banale tenue d'été décontractée et quelque chose de fixe dans le regard, que ne cachaient pas vraiment les lunettes bleues. Il l'avait déjà rencontré, peut-être même récemment, mais où ? Il ne savait pas mémoriser les visages.

— Je vous ai téléphoné hier, dit l'homme. Je suis envoyé par le site web *Canine Mag*. Je profite des vacances pour faire un reportage sur les chenils de la région. Je n'aime pas passer de la pommade, mais le vôtre est considéré comme l'un des mieux tenus, des plus valables et des plus performants.

— Ça n'est pas moi qui ai pris la communication, mais effectivement, ma secrétaire a noté votre demande de rendez-vous. Vous deviez rappeler pour que je vous précise si j'étais d'accord, et pour fixer éventuellement l'heure de ce rendez-vous.

— Comme je passais dans le coin, j'ai pensé que me présenter à vous, c'était gagner du temps. J'ai aussi envoyé un mail que vous n'avez peut-être pas encore consulté.

— Nous sommes cinq dans le chenil, comment savez-vous que je suis précisément le propriétaire de l'Oliveraie ?

L'homme eut un sourire rapide.

— Votre tenue, d'abord. Vous n'êtes pas... Comment dire?... Vous n'êtes pas harnaché, vous... Et puis, impossible de ne pas vous reconnaître ! Votre profil LinkedIn est assez complet, et vos photos sont apparues plusieurs fois dans la presse spécialisée, à propos notamment de certaines prises d'otages, où vos chiens ont permis d'éviter des drames.

Même si l'homme paraissait convaincu de ce qu'il affirmait, la méfiance de Maxime s'accrut.

— Je crois que vous faites erreur. La police dispose de ses propres chiens. Fort bien entraînés eux aussi, d'ailleurs.

— Ah bon ? J'avais cru comprendre. Les reportages sur YouTube et les chaînes d'infos en continu...

Cette espèce de douceur dans la voix, ce côté à la fois servile et décontracté... Il eut envie de dire à ce singulier personnage qu'il n'avait aucune envie d'être interviewé, qu'il n'avait pas besoin de publicité et qu'en plus, il ne connaissait pas la revue "Canine Mag". C'est cette dernière remarque qu'il avança, guettant il ne savait trop quoi. L'homme ne parut nullement gêné.

— Le site web a été lancé la semaine dernière; je ne vous l'ai pas montré parce que la formule va être sensiblement modifiée pour la première version grand public. Nous prévoyons une application mobile pour la seconde quinzaine de septembre. Nous aurons aussi un blog avec une newsletter hebdomadaire et uniquement des photos haute résolution. À ce propos, si vous voulez que nous publiions un reportage sur votre chenil, notre photographe peut prendre demain rendez-vous avec vous. Aujourd'hui, avec l'orage qui menace, les photos n'auraient pas été bonnes.

Effectivement, les nuages, au nord, commençaient à boucher le ciel; des nuages couleur d'ardoise, opaques, qu'aucun vent ne semblait pousser et qui, pourtant, s'étendaient comme de l'encre sur un buvard.

— Si vous le voulez bien, nous pourrions commencer la visite de votre chenil ? Après quoi, toujours si vous en êtes d'accord, je vous poserai quelques questions.

Attentifs, comme en permanence aux aguets, les chiens suivaient du regard les deux hommes. Les immenses cages étaient alignées en deux rangées parallèles.

— Des chiens superbes, dit l'inconnu, sincèrement admiratif. Ici, c'est le terrain où vos hommes les initient à l'attaque ?

Une sorte d'enclos grillagé haut, vaste lui aussi, aménagé presque comme un terrain de sport, était ombragé d'un côté par de hauts cyprès, la propriété tout entière étant protégée par des haies hautes et épaisses, de sorte qu'on ne pouvait voir de l'extérieur ce qui se passait dans le domaine de Maxime Leblond. Sa maison, qui tenait de la gentilhommière provençale et de la maison de campagne, se situait à l'autre extrémité de la propriété; tous volets clos, elle paraissait abandonnée.

— Et vos hommes habitent ici, bien entendu ? Je suppose que vos chiens ont besoin de soins constants ?

— De soins constants, c'est vrai. Mais pas la nuit. Un système d'alarme connecté est d'ailleurs installé; je le branche dès que mes hommes s'en vont. Des caméras de surveillance couvrent tout le périmètre et je reçois les alertes directement sur mon smartphone. Pour la plupart, ils habitent Sarians. Un seul vit en permanence ici. C'est lui qui serait le premier alerté s'il se passait quelque chose d'anormal. Mais vous savez, et sans négliger pour autant les précautions d'usage, je ne crois pas que des gens normalement constitués se risqueraient à franchir les grilles de l'Oliveraie. Mes chiens valent une fortune, mais pas un seul ne se laisserait avoir par un appât. Ils sont habitués à se nourrir uniquement de ce que celui qui est chargé de cette besogne leur apporte. Et lui seul.

— Même ce berger allemand qui n'a pas l'air de vous aimer beaucoup ?

Le point sensible. Maxime Leblond s'immobilisa. Une nouvelle fois, il fut pris d'une violente envie de chasser cet inconnu qui l'importunait et qui insistait sur ce qui lui tenait le plus à cœur. Il dévisagea cet homme qui, et ce fut très fugitif, lui rappelait quelqu'un, mais qui ne le bravait cependant pas. Il décida que la question n'était pas une provocation.

— C'est vrai, dit-il enfin. Un mystère, que l'élève vétérinaire que j'ai été ne s'explique pas.

— Parce que vous avez été vétérinaire ?

L'homme avait posé sa question en s'efforçant d'être le plus détaché, le plus neutre possible. Maxime ne l'en dévisagea pas moins cependant.

— Oui, dit-il enfin. Mais je n'ai jamais exercé. Soigner les chats à leur mémère, ça ne m'a jamais enthousiasmé. Moi, je rêvais de grands fauves. À défaut de grands fauves, j'ai opté pour ce que vous avez devant vous. Et je n'ai pas le sentiment d'avoir fait un mauvais choix.

— J'ai vu votre nom au générique de plusieurs séries Netflix...

Pour la première fois, Maxime sourit et l'homme constata, avec un certain trouble, que ce sourire le rajeunissait. Il ferma un instant les yeux. Puis secoua la tête. Il entendait à nouveau ce que Maxime disait :

— Des productions importantes. Mes hommes aussi ont doublé des cascadeurs. C'est un des aspects agréables de notre métier. Quand les studios tournaient à plein régime, on faisait souvent appel à nous. Maintenant, avec les effets spéciaux numériques... Parfois, les réalisateurs se déplacent quand même; ils viennent tourner certaines séquences ici... Pour l'authenticité des scènes avec nos chiens.

— Vous avez des vidéos ? Vous pourriez peut-être m'en confier quelques-unes pour illustrer mon reportage ? Ou du moins, si ce n'est pas possible, me les montrer... Ça donnerait de la visibilité à votre entreprise.

Trois voitures venaient de quitter l'Oliveraie. Un homme referma le portail. Sans son harnachement matelassé, ce n'était plus qu'une silhouette ordinaire.

— Ils reprennent leur travail demain matin à sept heures. Habituellement, ils travaillent par roulement.

— Ce sont en quelque sorte des spécialistes ?

— Oui. J'ai parfois envie d'engager de simples manœuvres pour les seconder ; j'ai même essayé, récemment, mais mon contremaître, qui a reçu le gars, n'en a pas voulu. Avec des non initiés, un accident est si vite arrivé...

— Si bien que vous vivez seul ? Célibataire ?

L'homme avait hésité à poser sa question, mais Maxime ne décela pas le piège.

— Célibataire, oui. Une femme ne supporterait pas de vivre ici. Ces chiens toute la journée... Et parfois, des hurlements à la lune qui font frémir ceux qui n'y sont pas habitués. Et puis, moi, vous savez, les femmes... Quand on peut s'en passer...

L'homme s'immobilisa. Sans le savoir, Maxime venait de toucher un point sensible. Un point sensible qui allait déclencher la mécanique inexorable. Il dit, avec le plus de détachement possible :

— J'aimerais revoir votre féroce berger allemand.

— Si vous en parlez dans votre publication, ça va me faire une contre-publicité...

— Je vous promets de ne pas y faire allusion. Mais cet animal indressable m'intrigue. Vous lui avez fait quelque chose pour qu'il vous haïsse à ce point ?

— Non. Il n'y a pas d'explication rationnelle. C'est comme ça. Et depuis qu'il est tout petit.

— On y va ?

— D'accord.

— Ensuite, je vous quitterai. J'ai laissé ma voiture au bas du chemin.

Devant la cage où Wolf les regardait s'avancer, il sortit son silencieux et dit très vite, pour en finir, comme on prononce une formule sacramentelle :

— Leblond, souviens-toi de Moustique. Du gentil petit Moustique...

Puis il tira deux fois et Maxime s'affaissa, les yeux d'abord agrandis par une incommensurable surprise.

À son arrivée, l'homme avait constaté que Maxime Leblond portait sur lui, suspendu à sa poche, un trousseau de clefs. Fébrile, mais gardant son sang-froid, il en essaya plusieurs avant de trouver la bonne, celle qui ouvrait la cage de Wolf. D'un violent effort, il poussa le corps ensanglanté, puis referma la cage. La sueur l'inondait. Le berger allemand bondit, hurla, puis s'acharna sur le cadavre.

L'homme glissa le long de la haie qui bordait l'Oliveraie et se perdit dans les taillis.

Dans la vieille ville de Toulon, Chicago, comme l'appellent ses habitants, Enzo se sentait en sécurité. Les ruelles étroites, où les bars s'ornaient de filles et de matelots, les maisons accueillantes, et toute cette faune bigarrée qui constituait peu ou prou sa vraie famille, restaient son refuge, en quelque sorte son univers parallèle. Aujourd'hui, il se disait qu'il n'aurait jamais dû le quitter. Là, au moins, il vivait sans histoires, comme un poisson dans l'eau.

Au bar de Ben, petit, enfumé malgré l'interdiction de fumer dans les lieux publics, une fille en minijupe cherchant nonchalamment le client, des joueurs de cartes hurlant au fond de la salle, il fut accueilli par un "Enzo, où t'étais passé ? Matteo te cherche depuis deux jours ! Il t'a envoyé au moins dix messages !". Matteo. Enzo n'aimait pas ça. Dans le milieu toulonnais, Matteo, c'était le caïd, le boss incontesté. Celui qui trie les hommes sur le volet, que l'on envie et que l'on redoute, celui dont on paie cher la protection, quand c'est impérativement nécessaire, mais celui aussi et surtout auquel il ne faut pas manquer.

Enzo crâna :

— Ça tombe bien. Je le cherche aussi. Mon téléphone est mort. Tu me sers un pastis ?

Ben, le patron du bar, une sorte de masse de muscles difficile à mouvoir, que l'on voyait rarement quitter son comptoir, c'était en quelque sorte le bateau amiral de toute une flottille de petits et de gros dealers, de trafiquants de toutes sortes, même s'il ne mettait jamais la main à la pâte, même s'il était blanc comme neige, ainsi qu'il le disait lui-même en ricanant, lui seul étant sensible à son mauvais jeu de mots.

— Et tu sais où je peux le joindre ? demanda Enzo.

— À cette heure-ci, il doit être à la Civette de la rue Charles Poncy. S'il n'y est pas, on te dira... Ou plutôt, non, attends, je lui envoie un message.

Les yeux mi-clos, Enzo sirota son pastis, sursauta quand Ben l'interpella :

— Il t'attend dans la salle de billard du Club, dit-il en reposant son smartphone. Tu ferais mieux de te bouger.

Cette salle, qui n'avait de billard que le nom, servait surtout de lieu de rendez-vous pour les paris clandestins, clandestins comme les jeux que l'on y pratiquait chaque soir, presque jusqu'à l'aube, dans une atmosphère feutrée, enfumée et presque silencieuse. Elle était située au bout d'un long couloir humide, qui sentait le salpêtre, parfois l'urine, mêlée à une odeur indéfinissable.

Enzo fut accueilli par un Matteo plus vrai que nature, vêtu du parfait uniforme du petit chef qu'il entendait être : chaussures bicolores, cheveux gominés, costume cintré dont il essuyait constamment les revers d'un doigt machinal, comme pour faire tomber les cendres des petits cigarillos qu'il enchaînait. La fumée le faisant cligner des paupières, qu'il avait lourdes sur des yeux sombres, surmontés de sourcils touffus. Une cinquantaine flétrie, des rides profondes et une bouche aux lèvres minces, ligne rose dans un teint basané.

À son accueil glacé, Enzo se dit que ça allait être sa fête. Comme il s'y attendait un peu, il ne fut pas surpris outre mesure.

— Si je suis bien renseigné, dit Matteo, tu as fait une connerie ?

Il n'était question ni de tricher, ni d'essayer de tergiverser.

— Oui.

— Et des conneries de ce genre, tu sais que je les tolère pas ! Si on te chope et si tu parles, ça risque de créer pas mal de remous par ici. Et moi, des remous, en ce moment, j'en ai pas besoin ! Tu peux me dire ce qui t'a pris ?

— Ce qui m'a pris, j'en sais rien. C'est comme ça. Mais comment tu as su ?

— Si on te le demande... Ou plutôt, tiens, je vais te le dire. C'est ta nana qui m'a contacté ce matin. Elle a tenu tête aux gendarmes, mais je l'ai sentie morte de trouille. Elle m'a envoyé un message crypté pour que je te dise que les flics savent tout. Ils ont même tes données GPS et des traces ADN. Ils vont te coller aux fesses !

— Ils ont pas de preuves concrètes !

— Que tu crois ! Des preuves en béton, oui, ils en ont ! Elle a pas très bien compris ce qu'ils lui ont dit, mais c'est plus que du sérieux.

Je le répéterai pas : tu me dis ce qui t'a pris ? Violer et buter une fille !
Elle te suffisait pas, ta Sofia ?

— Elle s'envoie en l'air avec d'autres !

— Et alors ? C'est pas une raison pour aller foutre en l'air une
gamine qui t'avait rien fait ! Putain, on est plus au Moyen Âge !

— C'est pas tout à fait ma faute. Elle m'a allumé, la fille. On a
beaucoup bu. On est partis du club à Pierrot presque les derniers.
Elle était plus défoncée que moi. Quand j'ai commencé à la peloter,
elle s'est mise à gueuler à ameuter toute l'île. J'ai paniqué et j'ai cru
devenir dingue. J'étais excité comme pas souvent. J'ai pas besoin de
te faire un dessin.

Matteo observa Enzo, notant comment il reportait la
responsabilité sur sa victime. C'était typique de lui, incapable
d'assumer ses actes ou de comprendre qu'une femme avait le droit
de dire non, même après avoir bu ou flirté.

— Et pourquoi tu as voulu lui foutre le feu ? C'était pas plus
simple de la balancer dans la flotte ?

— J'ai bien essayé, mais dans l'état où j'étais, j'ai pas pu. Je l'ai
mise sur mon dos, mais j'ai dû m'arrêter en route, j'avais plus de
jambes. J'avais quand même réussi à la porter jusqu'à la maison du
guetteur, tu sais, cette baraque où un type bizarre élève des oiseaux.
Voilà qu'il a éclairé sa terrasse. J'ai paniqué, je le répète. Je me suis
dit que la fille, là-bas, on la trouverait pas facilement. Tu sais que j'ai
toujours une petite bouteille de whisky sur moi, quand je sors en
boîte ? Une idée dingue, verser sur elle le whisky, y foutre le feu...
Comme ça, ni vu, ni connu !

— Ni vu, ni connu ! Pauvre cloche ! Tu avais même pas de quoi flamber un poulet ! Et en plus, tu risquais de foutre le feu à toute l'île ! Ah ! ça, pour une idée de génie, c'était une idée de génie ! Quelle merde ! Enfin, c'est comme ça, on va pas s'éterniser là-dessus. Bon, qu'est-ce qu'on va faire de toi, maintenant ?

— Faut me planquer, Matteo, et vite ! Le temps que ça se calme...

— Parce que tu t'imagines que ça va se calmer ? Les flics vont te chercher jusqu'à ce qu'ils te trouvent, oui ! Et moi, si je te planque... Bref, je veux pas être mêlé à ça. Du trafic de drogue, on s'en sort toujours. Buter une fille après l'avoir violée, c'est une autre paire de manches !

— Et alors, qu'est-ce que je vais faire, moi ?

— Tu pouvais pas y penser avant, non ?

Matteo regardait Enzo. Jamais il ne l'avait autant méprisé. Les traits tirés, les joues pâles ombrées de barbe, les épaules tassées et un costume fatigué qui paraissait trop grand pour lui, où était l'Enzo portant beau, une fille à chaque bras ? Et qui se vantait de les tomber toutes ? Un impuissant, voilà ce qu'il était, tout juste capable, pour bander, de tordre le cou des filles ! Matteo savait bien qu'il exagérait et que Sofia, s'il en croyait ses confidences à demi-mot, n'avait pas à s'en plaindre, mais aujourd'hui, il se disait calmement qu'Enzo était de toute façon fini.

Il n'aima pas le ton de ce minable, qui devenait presque implorant :

— Tu me donnes une dernière chance, Matteo, un petit boulot vite fait bien fait, et puis après, tu m'envoies me mettre au vert.

Au vert, Matteo pensait qu'Enzo y avait déjà été une fois quand, de Paris, on le lui avait envoyé. Pas un paquet-cadeau ! Mais il avait une dette envers le milieu de Belleville et il avait dû se contenter d'intégrer à son équipe, sûre et solide, elle, et huilée comme une vraie bonne mécanique, cet imprévisible, capable du meilleur comme du pire.

— C'est facile à dire ! À Mirande, tu es grillé pour longtemps, sinon définitivement, et sur une partie de la Côte aussi. Et je ne peux pas te renvoyer à Paris. Il y a un coup à faire ce soir. Laisse-moi réfléchir. Je t'y enverrai peut-être. Après, on avisera. Pour le moment, tu repars chez Ben. Il te planquera jusqu'à ce que je te fasse signe.

De plus en plus mal à l'aise, Enzo comprit à temps que le moment était mal choisi pour protester. L'affaire s'engageait mal, il n'avait jamais vu Matteo aussi réticent.

Ben l'accueillit sans chaleur, visage clos.

— Tu restes ici jusqu'à ce qu'on vienne te chercher. Là où tu vas attendre, tu risques rien.

Une arrière-boutique plus ou moins camouflée, sans fenêtre, avec un lit-divan, une table de chevet, un verre et une bouteille de bourbon, sur laquelle Enzo loucha. Le cabinet de toilette attenant, minuscule, sentait très fort l'eau de Javel. Enzo grogna :

— Je vais me faire chier toute la journée, là-dedans !

— Je te laisse ma tablette avec Netflix et quelques jeux. Le wifi marche bien. Et surtout, pas d'appels ou de messages sur les réseaux sociaux. Si t'as une envie soudaine de poster un truc ou de voir ton compte insta, résiste. Tu laisserais des traces numériques, et c'est ce qu'il faut absolument éviter. Sur ce, je te laisse. Il y a du monde au bar. Ça va bientôt être l'heure du coup de feu... On t'apportera à bouffer tout à l'heure. Tu devras te contenter de sandwichs. Mais c'est moi qui les fais. Je forcerai sur le beurre et sur le jambon.

Tant de sollicitude inquiétait Enzo, mais il n'avait pas d'autre choix que de se plier aux ordres de Matteo, puisqu'il s'était connement réfugié dans ses pattes. Tenter de partir, ce n'était pas possible sans que lui et sa bande se posent des questions. Et quelles questions ! Mieux valait attendre encore et fermer sa gueule. Matteo était capable de le tirer de là comme de l'éliminer. C'était de cela qu'il avait une conscience aiguë. Il se sentit soudain tout petit et pensa avec une nostalgie peureuse qu'il serait si bien dans les bras accueillants de Sofia...

Il s'allongea sur le divan dur, aux ressorts grinçants et, le bourbon aidant, dont il but quelques rasades qui lui brûlèrent l'estomac, il sombra dans une somnolence d'où il sortait en sursautant au moindre bruit, cœur battant la chamade et couvert de sueur.

En compagnie de quelques-uns de ses hommes, Matteo buvait un pastis à la terrasse du Pintio, sur le port. C'était presque une cérémonie rituelle : tous les midis, il s'asseyait, seul ou en compagnie de deux ou trois de ceux qu'il appelait, mi-sérieux, mi-rigolard, ses "gardes du corps", devant les bateaux. Et là, redevenu pour un temps sentimental, il rêvait de voyages, d'ailleurs, des plages de son île, de sa mère tyrannique, même s'il se moquait souvent des inflexibles veuves corses. Un gros coup, et il pourrait s'y retirer, y vivre des jours tranquilles, les orteils au soleil. Mais le gros coup tardait à venir, même s'il ne cessait de répéter à ses gars qu'il était proche.

Une notification Var Matin sur son smartphone attira son attention. Il tapota l'écran, poussa un grognement. Un gros titre barrait en partie la page d'accueil :

Un sauvage assassinat au chenil de l'Oliveraie.

Maxime Leblond, son propriétaire, abattu de deux balles de 9 mm et livré aux chiens.

Il lut l'article avec avidité, le relut et poussa soudain une exclamation :

— Manquait plus que ça ! C'est bien Marc qui avait introduit Enzo chez ce maître-chien ? Ce Leblond qui cherchait un homme à tout faire ?

— J'étais pas d'accord et j'ai suivi l'affaire de loin.

— Tourne pas autour du pot ! Accouche !

— Enzo a failli être engagé, le contremaître l'a eu tout de suite à la bonne, il lui a promis le poste et puis, je sais pas ce qui s'est passé. Leblond a dit non au dernier moment. Et Enzo a très mal réagi.

— Très mal ?

— Oui. Il voyait là un moyen de se refaire, en même temps qu'une bonne planque. Il disait qu'il aurait l'œil à tout, qu'il avait toujours su se faire aimer des animaux. Et qu'il était l'homme qu'il fallait pour mener à bien l'opération...

— Qu'est-ce que tu racontes ? Il voulait quoi, au juste ? Faire cavalier seul et voler les chiens pour les revendre ? Et personne m'en a parlé ?

— Il l'aurait fait s'il avait été engagé. Il ne pouvait pas ne pas te mettre dans le coup ! Des chiens comme ça, ça vaut des fortunes sur le marché noir... Rien que les bergers allemands spécialement formés, c'est une mine d'or. Mais moi, je le répète, cette affaire, je la sentais pas. D'autant que l'Oliveraie, pardon, c'est pire qu'une forteresse. Peut-être que Leblond a flairé le coup. En tout cas, Enzo est resté sur le carreau...

— Et il était fou de rage quand Leblond l'a écarté. C'est bien ça ?

— On le serait à moins !

Matteo but son pastis par petites gorgées. C'était la première fois que quelque chose s'était tramé derrière son dos et il aimait pas ça, mais pas du tout. Il relut l'article, porta un cigarillo à sa bouche, ne l'alluma pas. Un instant, il joua avec son briquet.

— Je t'en aurais parlé, si j'avais pensé que ça valait la peine, dit Pascal. Tu avais déjà assez de problèmes avec ces nouvelles restrictions de la préfecture sur les terrasses des bars.

Matteo haussa les épaules. Il grogna :

— Et si c'était Enzo qui avait fait le coup ? Moi, maintenant, je le sens plus !

— Quel coup ?

— Lis !

Pascal se pencha pour regarder le smartphone de Matteo et poussa à son tour une exclamation :

— Merde ! D'autant que la description que les gars du chenil ont faite du visiteur, que Leblond attendait pas, correspond à peu près à Enzo ! Une vengeance ! Comme tu le disais tout à l'heure, c'est un imprévisible. Mais il y a quelques mois qu'il a été viré ou plutôt qu'on l'a pas engagé. Une vengeance après si longtemps...

— Et Leblond ne l'aurait pas reconnu ?

— Les témoins ont parlé de moustaches, de lunettes de soleil... Et puis, si je me souviens bien, c'est pas Leblond qui a eu affaire à Enzo, mais un contremaître. Si ça se trouve, Leblond l'a peut-être jamais vu, Enzo...

— En attendant, tout ça risque de très mal se terminer. On lève l'ancre. On déjeune chez Tony.

Il posa une liasse de billets sur la table, n'attendit pas la monnaie et, une dernière fois, jeta un coup d'œil nostalgique aux bateaux qui mouillaient dans la rade, imaginant la vie paisible qu'il pourrait avoir loin de toutes ces emmerdes.

Le magasin d'antiquités à l'enseigne des Deux Candélabres était situé tout en haut d'une ruelle du vieux Nice. On y accédait par quelques marches ; un carillon de tubes de cuivre terni retentissait dès la porte entrouverte et une odeur caractéristique de vieux bois, de vieilles étoffes, de cire, mêlée à un vague parfum musqué agressait l'éventuel client, oppressé ensuite par un silence de cathédrale.

Une voix lança, venue d'on ne savait où :

— Une seconde, j'arrive !

Une voix basse, mal placée, qui devait vite monter dans l'aigu, ce qui ne manquait pas de surprendre quand apparaissait le propriétaire du magasin, Lucas Leteil, un homme d'une cinquantaine d'années, immense, les épaules de lutteur mal dissimulées par un t-shirt rose saumon, orné de dessins psychédéliques, les mains larges parfois virevoltantes. Ce qui retenait le plus l'attention, outre les lignes dures et pourtant encore enfantines du visage, c'était la fixité fiévreuse du regard. Des yeux d'eau morte étrangement claire, qui mettaient mal à l'aise dès qu'on se laissait capter par eux. À nouveau, la voix, à laquelle il était difficile de s'habituer :

— Vous désirez un objet précis, ou bien vous préférez que je vous fasse des suggestions ? Nous avons reçu, récemment, un lot d'opalines anciennes, de toute beauté et très rares. Un collectionneur récemment décédé et qui leur vouait un véritable culte. Pilou, tu apportes quelques-unes des opalines que je garde en réserve pour les vrais amateurs ?

Le client pensa que ce discours, récité presque comme un monologue, devait être répété sans beaucoup de retouches à chaque visiteur, plus ou moins agrémenté suivant que l'œil exercé de Lucas Leteil détectait un acheteur potentiel ou un simple curieux.

Un remue-ménage dans l'arrière-boutique, un vague grognement, un petit choc, puis le dénommé Pilou apparut, les bras chargés d'opalines qu'un œil exercé n'eût pas manqué de trouver un peu trop récentes. Pilou, un jeune homme dans la vingtaine, à la silhouette svelte, une présence moderne et assumée: un visage aux traits fins encadré par une coiffure undercut teinte en blond platine, un piercing à l'arcade, plusieurs tatouages visibles sur les bras, et des bagues à presque tous les doigts. Un petit écouteur sans fil dans une oreille, qu'il retira discrètement en entrant dans la pièce. Il jeta un coup d'œil au visiteur, un regard d'une extrême rapidité, puis sa voix claire et posée parut, elle aussi, réciter une leçon :

— Celles-ci vous suffisent ou je dois en apporter d'autres ? Il y en a encore pas mal dans l'arrière-boutique...

— Vous êtes très aimable, mais ce n'est pas la peine. Je veux tout voir, avant de me décider...

L'antiquaire l'observa, puis décida de jouer le grand jeu. Celui-là était peut-être le pigeon du jour.

— Monsieur vient sans doute de s'installer dans la région ? Monsieur veut peut-être meubler ou décorer sa maison ? Dans ce cas, je peux me rendre sur place et si l'on veut bien suivre mes conseils, je peux utilement suggérer la meilleure décoration possible. De nos jours, les bons conseillers sont rares. Ils se disent décorateurs d'intérieur, ils se font payer très cher et le tour est joué. Pour la plupart, ils ne connaissent rien à rien ! Ils ne sont que des marchands, pas autre chose que des marchands !

— Je fais partie des gens qui prennent leur temps avant de se décider. Je n'ai pas encore fixé mon choix sur la décoration de l'appartement que je viens d'acquérir. Je dispose de tout mon temps et...

— Vous l'avez vu, nous avons un choix important. Dans tous les styles et pour tous les goûts, sauf le mauvais, bien sûr ! Mais monsieur est un connaisseur, j'ai vu ça tout de suite. Pilou, tu veux bien aller chercher à boire ? Il fait une telle chaleur... Ces canicules sont de pire en pire chaque année. Ici, je dois me passer de la climatisation, cela risquerait d'être dommageable aux objets précieux que je vends. Je suppose que monsieur a soif ? Pilou, presse-toi, allons !

— Non.

Le "Non !" était cassant, trop sans doute et l'homme rectifia sans sourire :

— Vous êtes très aimable, mais je n'ai pas soif, je vous remercie. Je ne bois jamais entre les repas, c'est une question d'habitude. Même l'été.

— Monsieur a sans doute suivi un régime détox ? Mais non, suis-je bête, monsieur n'en a pas besoin, il est si en forme... Pilou, apporte quand même à boire, pour moi. Cette chaleur me tue...

Se servant de sa main comme d'un éventail, l'antiquaire continuait à regarder le visiteur avec une attention, une insistance que tout autre que lui eût trouvée gênante. Celui-ci avait peine à en croire ses yeux et ses oreilles : Lucas Leteil, le fort en gueule, la brute de jadis, était devenu cette caricature minaudante trop carnavalesque pour être vraie ? Qu'avait-il bien pu se passer dans sa vie pour susciter pareille métamorphose ?

Tout en faisant le tour de la boutique, bric à brac de brocanteur plutôt que d'antiquaire, l'homme ne cessait de se poser des questions. Devrait-il hésiter, s'interroger encore, essayer de savoir quelles épreuves avait traversées cet être singulier pour en arriver à ce personnage de théâtre, comme on n'en voyait plus que sur scène ou dans les séries TV ? Seul lien, mais bien ténu, avec le passé, ce Pilou, jeune homme moderne et manifestement indépendant qui semblait jouer un rôle de façade dans cette boutique.

Même s'il était désorienté, même si le présent ne ressemblait en rien au passé, l'homme décida de jouer le jeu jusqu'au bout.

— On m'a recommandé votre maison comme l'une des plus authentiques de la région, dit-il, donc des plus sûres. Il y a longtemps que vous êtes installé dans le vieux Nice ? C'est qu'il faut bien connaître le chemin pour arriver jusqu'à vous... Le GPS m'a fait faire un détour.

— On vous a recommandé les "Deux Candélabres", cela ne me surprend pas. J'ai aussi un site web et une page Instagram, mais rien ne vaut le bouche-à-oreille. Qui ?

Puisqu'il fallait surenchérir, l'homme n'hésita pas :

— Bien sûr. Une vieille dame que j'ai rencontrée chez des amis.

— À Nice ?

— Non, à Hyères. Votre réputation va jusque là-bas.

L'antiquaire se rengorgea, même s'il restait toujours sur la défensive. Il est toujours difficile de résister aux compliments et celui-là y paraissait sensible.

— Vous me demandiez, tout à l'heure, s'il y a longtemps que je suis installé ici ? À mon compte, quatre ans. Mais j'ai été amené à m'intéresser à la brocante depuis beaucoup plus longtemps. Un ami, si vous voyez ce que je veux dire, que j'ai rencontré presque par hasard quand je faisais mes études, à Nice précisément. Et cet ami m'a fait découvrir les belles choses ; j'ai vécu avec lui et il m'a appris en quelque sorte le métier. Il est mort depuis, hélas ! Je lui ai succédé et je n'ai pas eu à m'en plaindre !

Un petit rire bref, après un semblant d'émotion :

— La gueule des héritiers, quand ils ont appris que tout leur échappait ! Je vous raconte pas ! Moi, j'avais consacré une partie de ma jeunesse à Adrien, il était logique qu'à son tour il me donne le coup de pouce nécessaire pour que je m'installe dans la vie. Un tournant. Mais la vie n'est faite que de tournants, c'est bien connu. Il m'a formé comme je forme mon jeune assistant. Mais Pilou est un peu tête en l'air. Et je trouve que, malgré notre collaboration, il s'intéresse un peu trop à sa vie personnelle. Vous vous rendez compte ? Il est toujours sur son téléphone ! Alors qu'ici, il a tout ce qu'il veut pour développer une vraie carrière ! Enfin, c'est comme ça, il travaille avec moi et j'espère qu'il n'est pas malheureux. Moi, la solitude m'épouvante. Même si ce n'est pas idéal, j'ai quelqu'un à côté de moi. Et avoir quelqu'un à côté de soi, ça compte ! Mais je ne sais pas pourquoi je vous raconte tout ça. C'est peut-être que vous m'êtes très sympathique...

Une émotion dans la voix, cette fois sincère, et une presque invite, qui ne l'était pas moins. Mais l'homme n'était pas là pour se laisser attendrir. Il demanda :

— Pour être antiquaire, il faut faire des études spéciales ?

— Des études spéciales, ce n'est pas l'expression juste. On apprend beaucoup plus sur le tas. Maintenant il y a des cours en ligne, des certifications, mais rien ne vaut l'expérience directe. Moi, j'avais commencé des études bien différentes quand j'ai rencontré Adrien. Partir pour soigner des animaux et en arriver à vendre des commodes Louis XV ou des faïences de Moustiers d'époque... La vie, et Adrien aussi, ont voulu que je ne poursuive pas mes études de vétérinaire. Je n'étais pas fait pour ça.

— Vous le regrettez ?

— Même pas. Quand on a vingt ans, on veut tout embrasser, si je puis me permettre ce jeu de mots. Et puis, on déchante. Moi je ne me plains pas. Côté travail, ça marche. Ça marche même très fort, malgré la crise. Côté cœur, c'est autre chose. Mais on ne peut pas tout avoir dans la vie.

L'homme hésita avant de risquer, en s'efforçant de paraître le moins indiscret possible :

— Vous avez... Comment l'appelez-vous déjà ?... Vous avez Pilou. C'est important d'avoir quelqu'un de jeune dans son entourage.

Un gros soupir, un instant de silence, comme si la méfiance effleurait soudain Lucas Leteil. Un nouveau soupir et puis :

— J'aurais aimé que Pilou partage plus que le travail. Mais les gens sont comme ils sont, n'est-ce pas ? Même quand nous sommes ensemble dans la rue ou au restaurant, il reste sur son téléphone, à communiquer avec ses amis. Et moi, j'ai l'air de quoi à ces moments-là ? J'ai beau tout faire pour lui offrir une opportunité professionnelle, je me rends compte qu'il n'est là que pour le salaire. Seulement, voilà, le chômage et pas assez d'expérience dans le secteur... Pourtant, quand je l'ai engagé, il me semblait que nous avions une vraie connexion. Maintenant, non. Il refuse même de prendre un verre après le travail. Il y a des jours où ça me rend dingue ! Pardon, où ça me frustre ! À d'autres, quand il est un peu plus investi, je reprends espoir. Mais ça n'est pas une vie, oh non, ça n'est pas une vie ! Et moi, je commence à sécher sur pieds...

— Pas déjà quand même ?

— On dit ça, on dit ça...

— J'imagine que vous pouvez trouver des connexions ailleurs ?

— On peut toujours, c'est vrai. Mais avec toutes les complications actuelles... Et puis, je vais vous dire, moi, je ne suis pas à l'aise avec les applications de rencontre. Tous ces profils, ces swipes à droite et à gauche... Ce n'est pas ma génération. Et les rendez-vous, quand on en obtient, rarement ce qu'on espère...

— Et pas Pilou ?

— Parlez plus bas, je suis sûr qu'il est derrière la porte, en train de nous écouter. Et protecteur de sa vie privée, avec ça. Il me bloquerait l'accès à la boutique, vous savez, s'il se doutait de ce que je vous confie...

— Allons donc ! Avec la carrure que vous avez...

L'œil de Lucas Leteil s'alluma :

— Vous trouvez ?

La phrase que l'homme attendait vint enfin. Celle à laquelle il se raccrochait maintenant, comme on prend un train en route :

— On pourrait pas... On pourrait pas en parler ailleurs ? Je ne sais pas, moi... Bien sûr, chez moi, ce n'est pas possible... Oui ?

Un instant, tant il trouvait tout misérable, dérangeant, l'homme eut envie d'interrompre le déroulement inexorable du scénario qu'il n'avait pas prévu de cette façon, de partir loin et de laisser là, à ses problèmes sentimentaux, ce personnage de comédie qui lui faisait soudain pitié. Mais non, ce n'était pas possible, il devait aller jusqu'au bout de ce qu'il avait initialement prévu. Il eut un geste fataliste de la main et dit soudain, en forçant sur son sourire :

— Et mes achats, alors ?

— Vous pouvez revenir... Ce serait même bien si vous reveniez... Mais pour l'heure, c'est d'accord ?

Le regard de l'antiquaire était devenu fiévreux ; et l'homme se laissa prendre la main. Celle de Lucas Leteil était brûlante.

— Je ne dis pas non. Mais quand et où ?

— Je ne peux pas vous inviter à dîner, toujours à cause de Pilou. Mais après... Voyons... Le nouveau parc paysager du Paillon. Non, un temps, ça a été un coin dangereux. Pas très loin, il y a un endroit plus tranquille... Disons à vingt-deux heures, ça vous va ? Le mercredi, Pilou a généralement son cours de yoga, mais ça n'est pas régulier. Ce soir, je n'en sais rien. Autant prendre toutes les précautions. S'il est absent, je pourrai toujours vous emmener chez moi.

Près de la porte, que cachait en partie un rideau de perles en bois recyclé, l'homme eut contre lui la masse parfumée mais musclée, contre son cou les lèvres chaudes, sur son front des cheveux rêches qui n'étaient sans doute pas naturels.

Il réprima de toutes ses forces un mouvement de répulsion :

— Attention, Pilou ! souffla-t-il.

— Va, mon gros chat, je sens qu'on va bien s'entendre tous les deux !

Maintenant, près du jardin qu'il n'avait eu aucun mal à trouver, l'homme attendait. Il savait que l'antiquaire ne serait pas en retard ; c'était, il s'en souvenait, un maniaque de l'exactitude. Il l'eut devant lui, blouson brillant, un minuscule chien en laisse, un smartphone à la main qu'il rangea précipitamment, et qui ne lâcha plus la sienne et l'entraîna.

— Viens, c'est par là. Derrière cette zone de réaménagement urbain. Tout le quartier est en travaux pour le nouveau tramway. Nous serons tranquilles.

Même si cela le hérissait, même si un regain de haine le faisait trembler, l'homme entendait rester le témoin attentif, curieux de ce qui allait suivre. Un spectacle somme toute auquel, dans un premier temps, il allait se contraindre à participer. Jouer le jeu, mais au minimum. Mais un spectacle sordide, tant il avait peur, par pitié, de flancher à la dernière minute.

Assez éloignés, les réverbères laissaient dans l'ombre cette partie du jardin. La main qui tirait la sienne était brûlante, un doigt caressait son poignet et il eut envie de crier : "Arrête !", tant la tension, perçue de lui seul, grandissait. Quand, enfin parvenus à l'endroit choisi, l'antiquaire s'approcha de lui, tendit les bras, il recula lentement et dit d'une voix sèche :

— Maintenant, tu arrêtes !

— Comment ça, j'arrête ? Tu ne veux plus ? Mais qu'est-ce qui te prend ? Tu es fou ! Si c'est un jeu, c'est pas drôle !

La main ne tremblait pas, qui tenait le silencieux.

— Souviens-toi de Moustique ! cria l'homme.

Deux coups secs, un corps qui s'affaisse, un minuscule chien qui se réfugie dans les taillis en gémissant. Et un peu plus tard, le corps tassé, arrosé d'essence, et une allumette qui craque.

De sa vie, l'homme ne s'était jamais autant haï, même s'il avait conscience que, selon lui, justice était faite, en partie.

— Écoute, ça ne peut pas continuer comme ça. On me dit où est mon homme, ou je fais un malheur.

— Matteo ne va pas être content, si je lui répète ce que tu viens de dire. Comme si tu ne le connaissais pas !

— Je le connais sans doute mieux que toi ! Mais lui aussi me connaît et il sait ce dont je suis capable ! Alors, oui ou non, tu me le passes ?

Au bord de la crise de nerfs, Sofia ne cessait de se répéter qu'il lui fallait rester calme. Mais comment rester calme quand on se ronge les sangs ? Depuis la fuite d'Enzo, son inquiétude allait croissant. Elle fermait les yeux, mâchoire crispée, quand elle envisageait la pire des éventualités ; et si le milieu toulonnais avait décidé l'élimination d'un Enzo devenu trop encombrant ? Et si, lesté d'une pierre, il était déjà la proie des poissons ?

Au bout du fil, elle perçut l'hésitation de son interlocuteur, dont la voix, l'accent et les atermoiements l'exaspéraient. Elle lança, sûre d'elle tout à coup :

— J'attends !

— Je vais voir...

Pendant quelques secondes, le silence si particulier du téléphone accrut son impatience. L'écouteur était brûlant contre son oreille. Et puis, la même voix impersonnelle reprit :

— Matteo ne peut te répondre lui-même. Il voudrait simplement savoir si tu peux être à Toulon d'ici, disons une heure, une heure et demie...

Sofia perçut le piège. Elle ne se laisserait pas si facilement débarquer. Elle se maîtrisa cependant à temps.

— Matteo sait très bien que ce n'est pas possible. J'ai un travail, moi ! Et un agenda blindé jusqu'à dix-neuf heures. Une mariée à préparer demain et quatre clientes à coiffer. Si Matteo veut me voir, il devra attendre. Je peux être à Toulon dans la soirée, pas avant.

— Un instant.

À nouveau le silence, à nouveau les secondes interminables. Si le problème n'avait pas été aussi crucial pour elle, Sofia aurait raccroché, folle de rage. Mais il fallait composer, se plier aux caprices d'un Matteo qu'elle haïssait en cet instant, comme elle ne se souvenait pas d'avoir haï quelqu'un. Un Matteo omniprésent, mais de qui tout dépendait, puisqu'Enzo avait connement été se fourrer dans ses pattes, malgré les conseils de prudence qu'elle lui avait donnés au téléphone, quand, arrivé à Toulon, il l'avait appelée. Ne pouvoir agir lui était insupportable. Elle l'avait beaucoup négligé, son Enzo, et maintenant, qu'elle ne pouvait pas l'approcher, il lui manquait. Puisqu'il fallait se battre...

Deux clientes attendaient sous le casque ; elle consulta son smartphone, se dit qu'elle ne pourrait pas les y laisser longtemps.

Une autre notification de message apparut - une cliente qui voulait avancer son rendez-vous. Il fallait qu'elle règle cette affaire rapidement. Si dans deux minutes... Un souffle court au bout du fil, puis la voix douceâtre dit enfin :

— C'est d'accord. Matteo veut bien faire une exception pour toi. Tiens-toi prête pour vingt et une heures. Une voiture viendra te chercher.

— Comment ça ?

— C'est clair, non ?

Elle commençait à paniquer. Et si Matteo avait décidé de se débarrasser d'elle aussi ? En tout état de cause, n'était-elle pas un témoin gênant ? Soudain, elle n'avait plus envie de se rendre à Toulon, si ce n'était pas seulement pour y rencontrer Enzo.

— C'est ce qu'a décidé le boss. C'est bien toi qui as demandé à lui parler, non ? Il va faire mieux que te parler, puisqu'il veut te voir !

— Est-ce que je pourrai parler à Enzo ? C'est Enzo qui m'intéresse, et personne d'autre !

— Tu verras avec Matteo. Bon, c'est pas tout ça. C'est oui ou c'est non ?

La rage au cœur, elle capitula :

— C'est oui.

Un gars qu'elle n'avait jamais vu frappa à sa porte à l'heure dite. Jeune, blouson de cuir fauve et jean bien coupé. Une assez belle gueule. Une envie incongrue : lui proposer de réduire cette barbe hipster un peu trop fournie qui, selon elle, l'enlaidissait. De beaux yeux aussi. Et surtout, pas bavard. Il conduisait vite, prenait les virages à la corde et traversa Toulon en trombe. Inquiète, elle demanda :

— On va où ?

— Au bord de la mer. Une planque de Matteo.

— Une planque ? Ça signifie quoi ?

— Tu le verras bien.

Prise de panique, elle se figea, se demandant si elle aussi ne venait pas de se fourrer dans un guêpier. Folle qu'elle était de croire que Matteo et sa bande se comportaient comme des gens ordinaires, avaient les réflexes des communs des mortels. Son imagination travaillait. Nourrie des clichés les plus conventionnels, elle se disait que si Matteo avait fait disparaître Enzo pour que rien de son réseau ne soit perturbé, elle risquait à son tour de subir le même sort. Elle l'avait lu dans les polars, elle l'avait souvent vu dans les séries Netflix, ne fait-on pas disparaître les témoins gênants ? Et, malgré elle, n'était-elle pas le témoin gênant type ?

Elle n'avait jamais vu Matteo, les combines d'Enzo n'étaient pas ses oignons, mais elle s'était fait de lui une certaine idée. Aussi, fut-elle surprise quand elle eut devant elle un Matteo en polo de marque et en jean de designer, ce que les magazines, qu'elle mettait à la disposition de ses clientes, qualifiaient de tenue décontractée, mais un décontracté de luxe, même si elle trouvait que le logo de la marque gâchait la sobriété du vêtement. Elle n'aimait pas ça, les logos trop visibles sur les polos, les pulls ou les t-shirts. "On dirait qu'on devient une publicité ambulante," disait-elle à Enzo, quand il manifestait le désir d'en acheter lui aussi. Jusque-là, il n'avait pas osé braver la presque interdiction.

Matteo jouait avec son briquet, mais il n'alluma pas son cigarillo. Elle n'apprécia pas son sourire de bienvenue condescendant. Il s'installa face à elle, dans un fauteuil recouvert d'un tissu à motifs géométriques qui, pensait-elle, allait au personnage comme un tablier à une vache.

— J'ai accepté de te recevoir parce que tu as beaucoup insisté, mais ça n'est pas dans mes habitudes. Je le fais à cause d'Enzo. Tu dois te mettre dans la tête qu'il est dans une situation délicate et que, moins on fait de vagues autour de lui, mieux ça vaut.

Des mots et pas autre chose que des mots. Sofia ne se laissa pas impressionner :

— Ne me dis pas que ta... ligne est sur écoute !

— Est-ce qu'on sait ? Même les conversations cryptées peuvent être interceptées. Bon, qu'est-ce que tu veux, au juste ?

— Comme si tu ne le savais pas ! Revoir Enzo ou, si ce n'est pas possible, avoir de ses nouvelles. Ça fait trois jours...

— Et toi qu'il a toujours dépeinte comme une femme qui sait ce qu'elle veut... Après ce qui s'est passé, tu t'imagines bien qu'il a intérêt à se faire tout petit, ton Enzo. On fait le maximum pour qu'il soit pas inquiété. Là où il est, il ne craint rien...

Incrédule, elle le regarda et Matteo poussa soudain une exclamation :

— Holà ! Tu vas pas croire qu'on s'en est débarrassé ? C'est pas mon genre. Un pote, un vrai, on l'aide...

Elle secoua la tête :

— Je veux le voir ! Je veux...

D'un tranchant de la main, il coupa l'air et l'interrompit :

— Quand je dis que je planque quelqu'un, je le planque ! Ce qui veut dire que personne ne peut le voir. Sois raisonnable. Qui te dit que tu serais pas suivie ?

Elle se redressa, soudain agressive :

— Je veux bien être prise pour une conne, mais pas à ce point ! Si quelqu'un me suivait, ça voudrait dire que la voiture qui m'a conduite jusqu'ici l'aurait été aussi. Et donc que tes précautions ne serviraient à rien.

Il se leva, marcha de long en large dans la pièce banalement meublée, avec partout des cendriers pleins de mégots.

— Tu veux boire quelque chose ?

— Non.

— Moi si. J'ai soif.

Il se servit une large rasade de whisky et Sofia se dit qu'il entendait gagner du temps. Mais gagner du temps, pour quoi faire ?

— Ce n'est pas si simple, dit-il enfin. Tu la veux la vérité, la voilà. De ton Enzo, je sais pas quoi faire. Il veut à tout prix que je lui confie une mission, mais après ce qu'il a fait, il se rend pas compte et toi non plus, apparemment, qu'il est grillé. Une mission ? Quel genre de mission ? Pour les petits trafics, trop dangereux. De plus, j'ai pas besoin de lui. Pour quelque chose d'important, je me dis que ses nerfs risqueraient de craquer. Tu peux te mettre une seconde à ma place ? Ou alors, une mission impossible. Si elle réussissait, je pourrais à nouveau compter sur lui ; si elle ratait, il serait grillé et cette fois définitivement. Mais une mission impossible, pour l'instant, j'en ai pas.

— Et si tout bêtement, tu l'envoyais dans un endroit tranquille ?

— C'est ce qu'il m'a demandé. Mais où ? Dans le milieu, tout se sait vite. Avec toutes ces caméras de surveillance et la géolocalisation, c'est devenu impossible de disparaître vraiment. Un viol et un meurtre... Je te le cacherai pas : quand on me l'a envoyé de Paris, on m'a pas fait un cadeau. Peut-être qu'il faudrait le soigner... Mais c'est un peu tard, tu crois pas ?

Elle essuya son visage imprégné d'un parfum entêtant.

— Les gendarmes m'ont dit que c'est un psychopathe... Et moi, je savais pas ce que ce mot voulait dire. J'ai regardé sur internet et je ne suis pas plus avancée. Ce que j'ai lu, ça correspond pas à Enzo. Enzo, c'est un gars qui peut être attentionné quand il veut...

— Quelqu'un d'attentionné qui peut devenir violent, c'est justement ça un psychopathe. Des troubles de la personnalité, de l'impulsivité, un manque d'empathie...

Puis, sans transition :

— Tu habites bien dans le vieux Hyères ?

— C'est ça, oui. Mais je ne vois pas...

— Tu me rends un service et je te laisse voir ton Enzo. Le temps de te rassurer, pas plus.

— Je te vois venir, dit-elle, déjà résignée.

— On est allé te chercher en voiture ?

— Comme si tu le savais pas !

— C'est vrai, j'oubliais. Je peux te faire confiance ?

Elle se redressa, eut un orgueilleux mouvement de menton, ce qui fit trembler sa coiffure impeccablement travaillée.

— Cette question ! Je serais pas la femme d'Enzo, si...

— Bon. Je te confie un paquet, tu le planques chez toi jusqu'à ce que je t'envoie quelqu'un le récupérer. Mais tu rentres à Hyères en bus, ça écarte le risque que tu sois suivie. Rien de plus anonyme qu'un trajet en bus. Seulement, attention, ce paquet, tu le planques bien, qu'on puisse pas le trouver si jamais on perquisitionnait chez toi !

— Perquisitionner ? Et pourquoi, on viendrait perquisitionner ? Si ça avait dû se produire, ce serait déjà fait, tu crois pas ? Les flics, ils ont autre chose en tête en ce moment, mettre la main sur Enzo. Tout le monde a parlé de l'assassinat de la fille. Moi, on m'enlèvera pas de l'idée que c'est elle qui l'a provoqué !

Un éclair d'agacement traversa le regard de Matteo. Il semblait évaluer la capacité de Sofia à comprendre la gravité de la situation, et à remettre en question son point de vue sur Enzo.

— Tu vas pas revenir là-dessus, non ? Les médias racontent une toute autre histoire, et les preuves ADN ne mentent pas. Bon, tu es d'accord ou pas ?

— Si je refuse, tu me laisses pas voir Enzo ?

Il eut un geste évasif et elle dit, mais sans vouloir le provoquer :

— Tu es un beau salaud !

Puis, surprise parce qu'il ne réagissait pas, elle poursuivit :

— Enzo, il m'a demandé une fois de planquer de la marchandise et j'ai dit non. Il a compris et il a pas insisté...

Elle le regarda par en dessous et elle se dit qu'il allait peut-être se raviser. Il écarta les mains et alluma enfin son cigarillo.

— C'est à prendre ou à laisser !

Puis il la dévisagea et elle se sentit humiliée par ce regard où ironie et mépris se mêlaient. Une violente envie de lui jeter un "Non !" à la figure, de se lever, de demander qu'on la ramène chez elle la prit et elle ne sut comment elle parvint à y résister. Fallait-il qu'elle l'aime, son Enzo !...

Ce qui suivit devait la marquer pour longtemps. En pénétrant dans un monde qu'elle n'avait fait qu'apercevoir à travers Enzo, elle se disait que tout cela ne pouvait pas être vrai, qu'elle allait revenir à la réalité et que la réalité était celle de tous les jours. Presque inconsciemment, elle suivit l'un des acolytes de Matteo dans la vieille ville de Toulon, eut un mouvement de recul en entrant dans le couloir qui lui parut interminable et conduisait au refuge d'Enzo.

Puis elle le vit, lui, vautré sur son lit-divan et un sentiment nouveau l'anima. Où était l'Enzo que la passion, qu'elle lui portait et dont elle n'était plus sûre, magnifiait en quelque sorte ? Dans ce personnage presque hébété, empestant l'alcool, à la barbe rude, une barbe qui poussait dans tous les sens, amenuisant curieusement les joues, faisant saillir les pommettes, elle reconnaissait mal celui qui, quelques jours plus tôt, lui faisait encore, et très bien, l'amour.

Il ouvrit un œil, parut surpris de la voir là.

— Qu'est-ce que tu viens foutre ici ? Me tenir compagnie ? Ils t'ont embarquée, toi aussi ?

Désemparée, elle ne trouva pas les mots qu'il fallait pour lui expliquer pourquoi elle avait tant tenu à le voir. Il vivait. N'était-ce pas l'essentiel ? Cela ne la rassurait pas pour autant. Malgré l'amour qu'elle ressentait encore pour lui, elle percevait maintenant une distance, un fossé qui se creusait entre eux.

— Tu vois, dit-il. Tu vois dans quel état je suis ! Je me demande si j'aurais pas dû aller trouver les gendarmes pour tout leur expliquer. Pour leur dire que la fille m'avait allumé, que rien de ce qui s'est passé n'était de ma faute.

Sofia sentit une bouffée de colère monter en elle. Même dans cette situation, il refusait toute responsabilité, rejetant encore la faute sur sa victime. Elle se surprit à penser qu'elle ne le reconnaissait plus.

— Pauvre cloche ! Tu t'imagines qu'ils t'auraient cru ?

Il resta immobile, n'osant s'approcher d'elle, lui prendre au moins les mains.

— C'est Matteo qui t'a permis de venir me voir ?

— Oui.

— Il t'a dit pendant combien de temps je vais rester bouclé ici ? Je vais devenir dingue, si ça s'éternise ! Ça rime à rien, tout ça !

Ils se regardaient, réalisant l'un et l'autre, confusément, qu'ils n'avaient plus rien à se dire. Sans conviction, Sofia dit, pour le rassurer :

— Matteo m'a promis de te confier bientôt une mission. Après, il te trouvera une bonne planque...

— Tu m'y rejoindras ?

— Tu sais très bien que non. Ma boutique... J'ai mis des années à la construire, à fidéliser ma clientèle. Tu as besoin de quelque chose ?

— Non. Ou alors de tas de choses, que tu pourrais d'ailleurs pas m'apporter.

Revenue chez elle, Sofia cacha dans un faux plafond qu'elle avait aménagé pour ses économies le paquet que lui avait remis Matteo. Pas volumineux du tout, d'ailleurs. Il ne lui restait plus qu'à attendre qu'il envoie quelqu'un le chercher. Elle se dit qu'elle venait de mettre le doigt dans un engrenage sans fin. Pour rien. Parce qu'Enzo, quelque chose en elle lui disait qu'elle ne le reverrait plus.

Assise sur son canapé, elle regarda longuement les photos d'eux deux sur son téléphone, se demandant comment elle avait pu être aussi aveugle. La distance entre l'homme qu'elle avait cru connaître et celui qu'elle venait de retrouver lui semblait maintenant infranchissable.

Thomas Touchant donna un coup de pied au chat qui s'obstinait à se réfugier dans ses jambes.

— Dégage ! J'en ai marre de toi et de tous les animaux en général. Plus que marre ! T'as faim, c'est ça ? T'as déjà bouffé deux sachets de pâtée ! C'est pas vrai, tu vas devenir gros comme une baleine ! Et avec ces croquettes bio qui coûtent un bras...

Le chat se réfugia sous un fauteuil, tandis que, de la pièce voisine, montait une voix aigre :

— Qu'est-ce qui se passe ? Tu parles tout seul maintenant ?

— Dors et fous-moi la paix !

Thomas pensait à sa femme Émilie avec une rancœur sourde. Cinquante-cinq ans, une ménopause difficile, souffrant de ce qu'elle considérait chez lui comme une médiocrité congénitale, elle acceptait mal une déchéance qui s'accentuait, les fins de mois interminables et une clientèle se raréfiant jusqu'à devenir quasi inexistante. Les remboursements de leur crédit immobilier, contracté à un taux variable avant la crise de 2008, les étranglaient chaque mois davantage.

Bien qu'il n'y fût pour rien, Thomas Touchant était tenu pour responsable dans le hameau d'une épizootie, qui avait affolé tous les bergers de la vallée. Pourtant, il avait prodigué tous ses soins aux brebis malades, mais on l'avait prévenu trop tard : tout un troupeau décimé et un berger ruiné, qui s'était tiré un coup de fusil dans la bouche. Depuis, quand on avait besoin de solliciter, pour un animal, les soins d'un vétérinaire, c'était celui du bourg voisin qu'on contactait. Les avis Google désastreux qu'il avait reçus après l'incident avaient achevé sa réputation.

— Thomas Touchant ? Un bon à rien ! Et qu'on aurait dû virer à coups de pied au cul ! disait-on. Il n'y avait guère que les propriétaires de chats qui faisaient encore, parfois, appel à lui, mais les chats du village se portaient bien, en général. Sa page Facebook professionnelle, créée à l'insistance d'Émilie, n'avait pas connu d'activité depuis plus de huit mois.

— On se barre de ce bled de pourris ! disait souvent Émilie. Ailleurs, je suis sûre qu'on t'apprécierait à ta juste valeur ! Il paraît que dans les zones rurales en désertification médicale, ils cherchent du personnel de santé. J'ai vu un reportage sur France 3 où ils offrent même des maisons à 1 euro aux médecins qui s'installent.

Des mots. Des mots dénués de sens, les dernières économies qui fondaient et une femme dolente ou agressive, c'était selon, perpétuellement dépressive. Dans le placard de son cabinet bientôt envahi par la poussière, des bouteilles d'alcool vides. Négligeant de les jeter à la poubelle, il les contemplait souvent d'un œil torve. L'alcool le sauvait encore, mais pour combien de temps ? Il appréhendait le moment où il n'aurait même plus les moyens de s'offrir sa dose de quotidienne. Quand aucun client ne franchissait le seuil de son cabinet, il en était réduit à rechercher les fonds de bouteilles ; il les avalait goulûment, avant de s'affaler dans un fauteuil de cuir usé et de plonger dans une torpeur hébétée.

Son cabinet. Ricanant, il regarda le smartphone désespérément silencieux, la tablette dont la batterie était morte depuis deux jours, les meubles qui avaient besoin d'un bon coup de vernis, les instruments devenus inutiles dans les vitrines aux serrures ternies, les reproductions de tableaux choisies par sa femme et qu'il aurait aimé brûler, s'il en avait eu le courage. Le courage. Un mot dont il avait, depuis longtemps, perdu le sens.

Partir ? Il aurait dû partir quand il était encore temps et, par la même occasion, abandonner sa femme, ce poids mort et coûteux. Elle serait retournée dans sa famille de riches vignerons, qui avait considéré comme une déchéance son mariage avec ce petit vétérinaire sans-le-sou et sans clientèle, affublé de surcroît d'un prénom ridicule et démodé. A-t-on idée d'épouser un Thomas sans envergure, aimant les bêtes plus que les gens, délaissant sa femme et passant ses soirées à compulser jusqu'au vertige des forums de philatélie ? Un Thomas qui, suprême injure, avait refusé la smart TV 4K offerte par un beau-père par trop condescendant.

— Des programmes de merde et des émissions de merde, la plupart du temps ! Des influenceurs abrutis et des téléréalités débiles ! Et rien à foutre non plus des stories Instagram des pseudocélébrités ! Ça t'empêche pas de passer ta vie sur ton téléphone à faire défiler TikTok...

C'était surtout pour contrarier sa femme qu'il l'avait refusée, cette télé. N'aurait-elle pas fait allusion, sans arrêt, à la générosité paternelle ? Il haïssait d'autant plus ce beau-père que c'était lui, depuis pas mal de temps, qui intervenait de moins en moins discrètement lorsque les fins de mois devenaient impossibles à boucler.

Il sursauta parce qu'Émilie geignait :

— Tu m'apportes mon infusion de thym ? Elle est sur le coin de la plaque induction. Maintenant, elle doit être à la bonne température.

Il eut envie de faire celui qui n'a rien entendu, mais il savait qu'elle allait réclamer son infusion plus fort et, qu'en fin de compte, il céderait, un peu plus irrité, un peu plus haineux.

Parfois, il pensait à ce que sa femme appelait, au temps de leurs brèves fiançailles, il y a plus de vingt ans, un avenir prometteur, un avenir radieux. Brillant sujet à l'école vétérinaire, portant beau et faisant illusion, malgré des origines fort modestes et des parents "qui se saignaient aux quatre veines" - comme le disait avec une espèce de ressentiment sa grand-mère - pour que leur fils ait une belle situation. Il devait être partout le premier, mais partout aussi il devait faire ses preuves, renchérir sur tout. Renchérir. L'évoquer le rendait rêveur. S'il avait su...

Des petits yeux noirs très vifs derrière ses lunettes connectées à écrans bleus, une liseuse Kindle toujours à portée de main - elle devait télécharger deux fois par semaine de nouveaux romans sentimentaux et thrillers psychologiques sur son abonnement - les doigts ostensiblement nus parce que, un à un, il leur avait fallu vendre les bijoux qu'il lui avait offerts aux temps très courts de leur aisance, emmitouflée dans une robe de chambre aux couleurs maintenant indéfinies, sa femme le regarda s'approcher, hocha la tête, but son infusion par petites gorgées tout en regardant la notification sur sa montre.

— Elle est restée trop longtemps sur la plaque. Elle est amère ! Tu pourrais au moins lancer le minuteur.

— Comme ça, elle te fera plus d'effet ! Des études montrent que les plantes médicinales sont plus efficaces quand elles sont un peu amères. J'ai écouté un podcast là-dessus hier.

Il n'avait pu s'empêcher d'accentuer l'ironie de son propos par un petit rire cassé. Elle reprit, en lui tendant la tasse d'un geste brusque :

— Évidemment, tout le sucre est resté au fond ! T'as oublié de tourner la cuillère dans l'infusion. Je me demande à quoi tu penses ! C'est pas compliqué de faire les choses correctement ! Mais non, monsieur a toujours la tête ailleurs. C'est pourtant pas le travail qui t'accapare. Au fait, t'as eu combien de clients, aujourd'hui ? Le compteur de l'application DoctoVet est toujours à zéro depuis lundi.

Des envies lui venaient de tout foutre en l'air, de soulever le lit où se vautrait sa femme et de la renverser dessous, de mettre le feu à la maison et de s'enfuir ensuite dans les bois. Là, il serait près de la nature, près de ses amies les bêtes, ses vraies amies, même s'il les aimait moins. Mais il savait bien qu'il n'en aurait ni le courage, ni la force. C'était trop tard. Le temps de la révolte était passé ; celui de la démission totale pas encore venu. Mais quel sursaut pourrait-il le faire sortir de son enfer ? De son petit enfer minable, même pas digne de révolte ?

Il n'en crut d'abord pas ses oreilles. Illusion, la sonnerie de l'interphone ? Mais non. Sur l'écran du visiophone, il y avait bien une silhouette qu'il distinguait mal dans la pénombre. Il se précipita, faillit se prendre les pieds dans la moquette soulevée à cet endroit et qu'il se promettait de recoller, sans trouver le temps nécessaire, bien qu'il n'eût pratiquement rien à faire.

L'homme était grand, avec un visage sans beaucoup d'intérêt, une moustache et des lunettes presque sur le devant du nez. La cinquantaine bien conservée. Une impression de déjà vu, mais très vague. Un costume strict, un peu vieillot et surtout, pas de saison tant la chaleur persistait malgré la météo annonçant enfin une baisse des températures. La voix, elle aussi, lui en rappelait une autre. Mais il n'avait pas le temps de s'interroger ; il fallait, comme le disait, sarcastique, sa femme, "se jeter sur le client". Thomas pensa qu'avec celui-là, il allait peut-être pouvoir s'offrir une bouteille.

— Vous êtes bien Thomas Touchant, le vétérinaire ?

— Oui, c'est moi.

Il faillit ajouter : "À votre service", mais se dit à temps qu'il risquait, un brin rétro, de paraître ridicule. Il se reprit :

— Qu'est-ce que je peux faire pour vous ? Un animal malade ? L'été, avec ces températures extrêmes, beaucoup souffrent de déshydratation... Le changement climatique n'arrange rien.

Puis, avec une espèce de volubilité fébrile :

— Vous êtes nouveau dans le coin ? J'vous ai jamais vu...

— De passage simplement. Je fais un reportage pour un blog sur les "Métiers de nos régions". Un reportage sur les métiers, non pas qui disparaissent, mais qui n'ont plus, comment dire, le même impact qu'autrefois. Maintenant, comme il y a des cabinets de médecins, il y a de plus en plus des collectifs de vétérinaires et je me demandais comment, dans un village de quelques milliers d'habitants comme celui-ci, vous ressentiez la concurrence des cliniques vétérinaires modernes...

Cette voix, cette voix qu'il n'arrivait pas à identifier et qui, pourtant, éveillait en lui des échos, et ce visage anonyme et comme grimé... Il resta un moment silencieux, le regard perdu dans le vide. L'homme insista :

— Je ne sais pas si je me suis bien fait comprendre...

Thomas s'ébroua :

— Si, si ! Vous vous demandez si un métier comme le mien est encore rentable au moment où l'agriculture dépérit, où les élevages périclitent ou disparaissent, où soigner un chat ou un chien est devenu un luxe ? Eh bien non, il n'est plus rentable. Mais il faut faire avec. Je vous dirai pas que c'est facile. Ici, j'ai mes habitudes et j'ai encore quelques fidèles. Partir pour ailleurs ? Mais pour où ? Dans les grandes villes, la concurrence est encore plus rude. Et maintenant, avec les plateformes de téléconsultation vétérinaire, c'est encore pire.

— Il y a longtemps que vous habitez ce village ?

— Depuis mon mariage, ça doit faire maintenant une vingtaine d'années.

— Mais pourquoi ici ?

— Ma femme y a toute sa famille.

Il perçut un changement de ton dans la question pourtant anodine :

— Vétérinaire, c'était une vocation pour vous ?

— Une vocation, une vocation... Si vous voulez savoir si c'est par amour des bêtes, je vous dirai oui et non. Simplement, soigner des animaux qui peuvent pas dire où ils ont mal me paraissait plus enrichissant que de m'occuper des humains. Médecin, ça m'aurait pas déplu non plus. Mais voilà, j'ai fait l'école vétérinaire.

La question l'alerta. Il sentit très fort comme une menace et il regarda son interlocuteur avec plus d'attention :

— Dans la région ?

— Dans la région, oui. Vous... Vous avez interrogé aussi certains de mes collègues, qui ont été eux aussi les élèves d'une école vétérinaire ?

— Pas exactement, non. Je disais ça comme ça. Vous avez gardé des contacts avec ceux de votre promo ? Il est vrai que certains ont pu changer de métier en cours de route...

— Oui et non. Vous savez ce que c'est. Célibataires, on est plus libres de se rencontrer, de faire même des bringues. Mais une fois qu'on a une famille... Pendant un temps, j'en ai revu quelques-uns. Et puis, nos rencontres se sont espacées. J'ai cependant conservé le contact avec certains d'entre eux sur les réseaux sociaux. On a même un groupe WhatsApp, mais ça fait plusieurs années que personne n'y a rien posté.

— Et des enfants ?

À nouveau, un silence pesant, rendu encore plus insolite par la simplicité presque misérabilis-te des lieux.

Thomas se leva, fit quelques pas et l'homme remarqua qu'il louchait vers une bouteille vide, épave inhabituelle sur un bureau. Thomas se tourna vers lui et dit un ton plus bas, comme s'il cherchait ses mots :

— Des enfants... J'aurais dû en avoir deux. Mais ils ne sont pas venus à terme. Ma femme...

Il reprit, encore plus bas :

— Ma femme est très fragile, vous savez. Les grossesses ont été difficiles. Rester des mois allongée pour garder l'enfant, et puis l'accident bête à chaque fois. Non, j'ai pas d'enfant. Mais, est-ce bien nécessaire que je vous raconte tout ça ? Vous allez le publier ? J'espère que vous ne citerez pas mon nom, que vous n'allez pas m'envoyer un photographe ? Vous, j'ai accepté de vous parler, mais je vous préviens, un photographe, je le recevrai pas. Attendez, il va pas me guetter dans la rue, pour me photographier à l'improviste et à mon insu ? J'ai vu ça arriver récemment à notre maire sur le site du journal local.

— Rassurez-vous, nous respectons l'anonymat de toutes les personnes que nous interviewons...

Le bruit d'une canne qui frappe le sol, à intervalles d'abord réguliers, puis ensuite plus vite, Thomas chuchota :

— Ma femme...

Une voix qui montait dans l'aigu cria :

— Thomas, qu'est-ce que c'est ? Viens une minute, j'ai pas la force de me lever seule... J'ai besoin de mon téléphone pour répondre à un message de mon médecin. Mon application de suivi de glycémie vient d'envoyer une alerte.

— Excusez-moi, dit Thomas. J'en ai pas pour longtemps...

L'homme fit du regard le tour du cabinet. Ce qu'il voyait confirmait les confidences de Thomas : une pauvreté qui ne parvenait pas à se cacher, une détresse que l'alcool ne devait guère atténuer. Pour la première fois, l'homme hésitait. Celui-là payait sans doute depuis pas mal de temps déjà. Une misère sans doute irréversible, une femme fardeau ; sans le savoir, n'était-il pas déjà mort ? Pourtant, il refusait de se laisser attendrir. Ce qu'il avait décidé une fois pour toutes de faire, il fallait le poursuivre, aller jusqu'au bout. Sa dignité était toujours en jeu, il ne pouvait tricher avec elle. Une dignité que personne n'humilierait plus jamais. Vingt ans, c'était long, mais pas assez pour effacer certaines humiliations.

— Pardonnez-moi, dit Thomas. Enfin, maintenant, nous serons tranquilles pendant un petit moment.

Il hésita, murmura sur un ton de confidences :

— On pourrait peut-être aller boire un verre au bistrot du coin ? J'attends pas de clients, mais au cas où, je vais laisser un message sur la porte avec mon numéro. On sait jamais...

Au café, il entoura son verre de whisky de ses mains, comme un gros chien qui a peur qu'on lui dérobe son os. Sous la lumière crue des LEDs, il regarda attentivement l'homme. Brusquement, la surprise le figea et il resta son verre à la main, à mi-hauteur de sa bouche. Quelques secondes, un siècle. La réalité l'assommait. Il tenta de se ressaisir, but une rasade, puis une autre et inclina la tête sans rien dire, quand l'homme lui proposa un autre verre. Qu'il avala avec la même hâte exacerbée.

Non, ce n'était pas vrai, ce n'était pas possible ! Au lieu de les estomper, l'alcool aiguisait ses souvenirs. Des souvenirs précis et des images aujourd'hui insoutenables. Vingt années écoulées, et le passé se rappelait à lui avec une clarté impitoyable.

Il dit très vite :

— On se connaît, hein ? T'es pas journaliste ? Me dis pas le contraire...

Le calme de l'homme, son sourire n'atténuèrent pas ses doutes, accentuèrent au contraire sa soudaine frayeur.

— Qu'est-ce qui vous permet d'affirmer ça ? Et qu'importe qui je suis ? Tout finit par se payer un jour ou l'autre...

Les images d'un passé figé défilaient dans la tête de Thomas, les titres des sites d'information en ligne, très récents ceux-là, aussi. Mais alors, il était en danger comme les autres ? Ses mains tremblaient quand il reposa son verre. Ses mains et ses lèvres aussi.

Ses joues, qu'ombrait une barbe mal rasée, avaient pâli. Il finit son verre et l'homme refusa de comprendre ce que signifiait son regard.

— C'était pas ma faute, dit enfin Thomas. Moi, je voulais rien. J'ai suivi les potes et pas plus... Ça fait vingt ans maintenant... Vingt ans...

D'un seul coup, l'homme eut pitié de lui. Une pitié qu'il redoutait depuis qu'il avait commencé à jouer au justicier. Une pitié coupable, il en avait conscience. Devant ce Thomas que son souvenir restituait mal, il se sentait soudain désarmé. Ce soir, il n'en doutait plus maintenant, le silencieux qui gonflait sa poche ne servirait à rien. Quitte à le regretter par la suite.

Thomas se leva d'un bond. L'alcool ne l'avait pas empêché de se livrer à un petit calcul. Le temps pour l'homme de payer en espèces, et il serait loin, enfermé dans son cabinet, les verrous poussés.

Là, le souffle court, la main sur sa poitrine qui le faisait souffrir après chaque effort depuis quelque temps, il resta plusieurs secondes immobile, englué dans sa peur. Il se décida à faire la lumière, chercha un contact dans son smartphone, appela. Il poussa un soupir de soulagement quand il reconnut la voix au bout du fil.

Thomas Touchant n'était pas venu à Toulon depuis longtemps et, pour lui, la Montée Beauvallon ne signifiait strictement rien. Il avait réussi à soutirer quelque argent à Émilie qui, pour une fois, n'avait pas fait de commentaires désagréables. Son petit œil noir avait regardé cet homme déjà à bout de course, en dépit de son âge ; l'idée avait même effleuré Thomas que, le voir mort, ne lui paraissait pas déraisonnable. Elle redeviendrait alors, au milieu des siens, l'Émilie tenant le haut du pavé dans ce petit cercle bien clos, d'où elle n'aurait jamais dû sortir.

— T'es sûr que ce mec nous menace ? Et te menace toi, en particulier ? Dans ce cas, pourquoi il t'a pas abattu comme il l'a fait pour les autres ?

— J'en sais rien. Peut-être parce que je lui en ai pas laissé le temps. Mais te méprends pas, telle que l'affaire est engagée, on risque d'y passer tous !

Pour justifier son appel à Benoît Crédent, son projet de déplacement à Toulon et sa demande d'argent, si minime fût-elle, il avait bien fallu qu'il lui dise tout. Et il l'avait fait, parce qu'il n'avait pas d'autre moyen pour la convaincre. À sa grande surprise, abandonnant pour une fois son rôle de dépressive chronique, elle n'avait pas poussé de hauts cris. Comme si ce qui s'était passé, vingt ans plus tôt, faisait partie des aléas de la vie. Nulle indignation et nulle complicité rétroactive non plus : un examen lucide de la situation et pas davantage, par une femme de tête. Celle qu'elle redevenait dans les grandes occasions. Le temps de la comédie qu'ils se jouaient, l'un l'autre, avec une commune mauvaise volonté, était bien révolu ; il fallait parer au plus pressé et faire face.

Elle quitta son lit sans l'aide de son mari cette fois, se dirigea vers un petit secrétaire en bois de rose, qui lui venait d'une lointaine aïeule et dont, pour cette raison, elle s'était toujours refusée à se séparer, saisit une petite clef qui pendait à son cou, ouvrit un tiroir. Dans une pochette en cuir dormaient des billets de cent euros, retenus par un élastique vert ; elle en prit deux et les tendit à Thomas. Il vit davantage ses doigts maigres aux ongles pointus et pâles que ses billets. Amer, il s'était toujours vaguement douté qu'elle avait une cagnotte qu'elle espérait bien n'entamer jamais ; il ne l'en haït que plus.

— Tu seras absent deux jours maximum ? Ça devrait te suffire. De toute façon, va falloir t'en contenter ! Le reste de nos économies, je le garde pour les factures d'électricité. Avec ces augmentations...

— Y a pas de raison que je sois pas rentré demain. Tout devrait se décider dans la soirée. Benoît m'a envoyé un message pour dire qu'il avait réussi à contacter Julien. En cas d'empêchement, il devait me rappeler. Comme il l'a pas fait...

Un VTC réservé sur une application de covoiturage déposa Thomas devant une villa cossue, cachée par des murs hauts, bien à l'abri derrière des eucalyptus et des faux poivriers. Un portail qui s'ouvre électroniquement et qui se referme derrière lui avec lenteur, un jardin à traverser, vaste espace de pelouses et de roseraies, et, sur un perron, caché en partie par d'immenses hibiscus en pleine floraison, une silhouette qu'il ne reconnut pas tout d'abord. La voix, toutefois... Et les phrases conventionnelles, auxquelles il n'attacha pas d'importance :

— Ce vieux Thomas... Qui n'a pas changé... Ça se voit que tu vis loin des villes. Pas de pollution, pas de stress... On n'attendait plus que toi.

— C'est assez compliqué pour venir de mon village jusqu'ici...

— T'as pas de bagnole ?

Il ne répondit pas. Un instant, très fugitif, Thomas se demanda ce qu'il faisait là, dans ce salon pompeux, face à ces gens qui le congratulaient, lui tapaient sur l'épaule, le tutoyaient et qu'il avait du mal à reconnaître même si, vingt ans auparavant, il avait été leur congénère avant de devenir leur complice. Des silhouettes quasi anonymes, vêtements griffés, désinvoltes et vaguement condescendants. Il loucha vers le verre de whisky qu'ils avaient presque tous à la main, faillit dire non à Benoît quand celui-ci demanda :

— Avec ou sans glaçons ?

— Sans.

N'avait-il pas promis à Émilie de ne pas toucher à l'alcool ? Il but avec avidité, se sentit soudain lucide, plus sûr de lui. Ces presque étrangers qui l'entouraient reprenaient leur identité. Il n'osait se dire qu'ils étaient devenus leur propre caricature et qu'il avait eu tort de les alerter. Quels points communs avait-il avec eux, désormais ?

Sur une table basse, Benoît avait sorti sa tablette avec les articles en ligne relatant les trois assassinats. En soi, ces meurtres n'avaient de commun que la façon dont ils avaient été perpétrés, deux balles de silencieux, les vêtements en feu... Rassemblés ici, le lien devenait criant.

— Thomas, dit Benoît, j'ai déjà fait part à Julien de ton message. Et aussi et surtout de tes craintes.

— T'es sûr de pas t'être trompé ? Après tant d'années, t'aurais pu...

Une nouvelle gorgée de whisky lui rendit son agressivité naturelle :

— Ouvrez les yeux, putain ! Et essayez de vous souvenir ! Vingt ans, c'est beaucoup et c'est rien ! Même sous ses moustaches, sans doute fausses, même sous ses lunettes, je l'ai reconnu, Moustique ! Et j'ai bien senti qu'il se préparait à me descendre comme les autres !

— T'es sûr que ton imagination t'a pas joué des tours ? Moustique, c'était le contraire d'un violent. Et pourquoi il aurait attendu vingt ans ?

— J'ai ma petite idée là-dessus. Faut toujours se méfier de la colère des timides. Ces temps-ci, les médias ont été envahis par ce qui s'est passé un peu partout en France ; vous savez de quoi je parle.

Le mouvement #MeToo, tous ces témoignages sur les réseaux sociaux... Moustique a pu revivre dans sa tête le drame d'alors, et on peut imaginer que ce drame l'obsédait. Pour que ça s'arrête définitivement, il a peut-être eu envie de nous punir collectivement.

— Pourquoi parler de drame ? C'était un accident !

— Sois pas hypocrite ! Pour lui, c'était un drame et qui l'a marqué. Et pas qu'un peu ! La preuve !

— Dans ce cas, il se serait manifesté d'une manière ou d'une autre ; il aurait posté des messages sur Twitter ou Instagram pour que les médias fassent leurs choux gras de ces...

Thomas l'interrompit avec violence :

— Qui te dit qu'il l'aurait pas fait une fois qu'on aurait tous été éliminés ? Parce que seulement trois d'entre nous l'ont été. Si je compte bien, il en reste autant, dont moi !

— Justement, toi...

— Depuis qu'il est venu me voir sous un faux prétexte, je m'interroge. Pourquoi, en effet, m'avoir épargné ? C'est sans doute que partie remise. N'oubliez quand même pas qu'il l'aurait sans doute fait si je l'avais laissé me raccompagner chez moi. Je me suis barré au bon moment ! Bref, je lui en ai pas laissé le temps !

— J'ai déjà raconté à nos amis comment tu lui as échappé, dit Benoît.

— Bon. Maintenant qu'on a été avertis, qu'est-ce qu'on fait ?

— Je vois qu'une solution : l'éliminer. Seulement, voilà, comment et où ? On sait pas ce qu'il fait, on sait pas où il habite. Et on sait pas non plus qui il a choisi comme prochaine victime. Le moyen le plus simple serait de lui tendre un piège.

Thomas secoua la tête.

— Un piège ? Trois pièges, oui ! Et je vois pas bien comment. Et puis, vous vous voyez jouant les Rambo ? Il passe des tas de gens dans nos cabinets et on peut ni les fouiller, ni faire installer des détecteurs d'armes à l'entrée !

— D'autant, si j'en crois les sites d'info, qu'il tue plutôt dans les coins isolés, pas dans des endroits où on pourrait le reconnaître et plus facilement l'arrêter...

Thomas se leva, se versa d'autorité une nouvelle rasade de whisky.

— Moi, par exemple, il aurait pu me tuer dans mon cabinet. On est restés seuls un long moment et il l'a pas fait. Non. Il a une tactique. Reste à savoir laquelle.

Benoît se leva.

— J'ai peut-être une solution, dit-il. Empirique, je vous le cache pas. Mais qui veut la fin veut les moyens. Je vais passer un coup de fil.

Il sortit dans la pièce adjacente, son smartphone à l'oreille. On l'entendait discuter à voix basse. Il revint quelques instants plus tard.

— De nous tous, je suis le seul à habiter Toulon. Et j'ai eu l'occasion de soigner le chien d'un gars du milieu. Un superbe berger allemand qu'un chauffard avait renversé et qu'on m'a amené quasiment mort. Je l'ai tiré d'affaires et le gars m'a voué une sorte de reconnaissance. Un chien auquel il tenait par-dessus tout et qui est mort de vieillesse, quelques années plus tard, mais ça, c'est une autre histoire. Il m'a dit un jour à demi-mot, que je pouvais faire appel à lui dans n'importe quelle circonstance. Sur le moment, j'ai pas pris sa proposition au sérieux. Le type a insisté en me regardant droit dans les yeux. J'ai pensé qu'il bluffait, qu'il jouait à la grenouille qui veut se faire aussi grosse que le bœuf. Depuis, parce qu'ici tout se sait, j'ai appris qu'effectivement c'est un des caïds du milieu toulonnais.

— Et tu veux lui raconter notre petite affaire ? demanda Gérard, effaré. C'est dingue ! Tu crois pas que ça nous mettrait tous à sa merci ? Je sais pas ce qu'il vaut, ton type, mais imagine qu'il dise non ? Il aurait définitivement barre sur nous et ça nous flanquerait tous dans un sacré merdier !

— Parce que tu penses que dans le merdier, on n'y est pas déjà ? On fait rien et Moustique nous descend les uns après les autres. Sympa comme perspective ! Tu proposes quoi, à la place ?

— Pourquoi pas en parler aux flics ?

— Les flics ! Ils vont pas nous protéger toute notre vie ! Et quel prétexte donner ?

— Ça va, dit Thomas. Reste à savoir si ton type est capable d'exécuter un contrat. C'est peut-être tout simplement un petit dealer, qui file des doses de beuh à la sortie des lycées...

Benoît eut un rire crispé :

— Vous me faites confiance, oui ou non ? Moi, j'attends vos suggestions. Ou on élimine Moustique ou, plus justement, on le fait éliminer, ou on croise les doigts et on attend de se faire flinguer les uns après les autres. Au choix !

— Du moment que Moustique a hésité à abattre Thomas, peut-être qu'il a décidé de s'arrêter ? Trois victimes, ça lui suffit, peut-être ?

— Fais pas rigoler ! Thomas te l'a expliqué, il a pas été tué tout simplement parce qu'il s'est barré à temps ! C'est pas compliqué : qui ici veut courir le risque ?

La notification d'un message vibra sur le smartphone de Benoît posé sur la table basse.

— C'est pour moi, dit-il en le consultant.

Il s'éloigna pour répondre, les doigts tapant rapidement sur l'écran.

— Le gars nous attend au club de billard de la rue Laugier. Mais j'imagine qu'on va pas y aller en délégation ?

Il sourit parce que sa proposition suscitait des mouvements divers.

— Je vois, reprit-il, sarcastique. À moi la corvée !

— C'est normal, puisque t'es le seul à connaître le gars. Et puis, s'il nous voyait tous débarquer, il risquerait de trouver ça trop suspect.

Un vague courage - peut-être un défi à lui-même - incita Thomas à intervenir.

— Moi, je peux t'accompagner, dit-il.

— C'est d'accord, d'autant que t'as vu Moustique récemment et que tu peux le décrire. Mais la question reste posée : Moustique, il habite où ?

— La région, ça c'est sûr. Mais la région, c'est vaste !

— Ce sera à Matteo - car il s'appelle Matteo - de le trouver, dit Benoît. Pas à nous. Avec tous les moyens de surveillance et les réseaux sociaux aujourd'hui, c'est plus facile de retrouver quelqu'un.

— Une autre question, et de taille. Va falloir mettre nos mains à nos poches... Un contrat comme celui-là, ça va chercher dans les combien ?

Ils se regardèrent, surpris de ne pas s'être posé la question avant.

— Moi, dit Thomas, gêné et comme surpris par ce qu'il avançait, autant vous le dire tout de suite, je pourrai pas sortir un centime. Des jours entiers sans voir personne dans mon cabinet ! J'ai même dû demander des délais pour pouvoir payer mes impôts. Et avec ces nouvelles taxes écologiques...

— Alors, on partagera entre nous, dit Benoît. Je vais poser la question de confiance à Matteo.

— Et peut-être qu'à toi, il fera un prix !

Thomas les regarda. Ils avaient peu ou prou fait leur trou dans leur profession, leurs fins de mois ne devaient pas, comme à lui, poser de problèmes. Il les retrouvait tous tels qu'ils étaient vingt ans plus tôt, sûrs d'eux-mêmes, sinon arrogants, désinvoltes, si éloignés de la vie de tous les jours qu'il eut envie de se lever, de les injurier et de partir en claquant la porte. Un instant, il se dit qu'il aurait peut-être été logique que Moustique le tue, parce que les autres seraient morts ensuite, les uns après les autres ; il regrettait presque, maintenant, de les avoir alertés en prévenant Benoît, le moins inhumain d'entre eux. Pour ce que valait la vie... Avec une terreur feutrée, il se rendait compte qu'il n'y avait pas plus de points communs entre eux et lui qu'il n'y en avait eu vingt ans plus tôt, quand il les avait suivis dans leur aventure folle et sans issue, il le savait aujourd'hui. À cette époque déjà, il s'était senti humilié par l'humiliation qu'ils infligeaient à un être sans défense.

Curieux, dépaysé au point de se croire transporté dans un monde inconnu, Thomas suivit Benoît dans la basse ville bigarrée de Toulon, où se bousculait une foule d'hommes et de femmes de toutes origines, puis dans cet étroit couloir malodorant, aboutissant à une salle enfumée où, sous une lumière tamisée, des silhouettes tassées entouraient des tables de jeu.

L'homme que Benoît lui présenta parut surpris de le voir là.

— Je vous avais demandé de venir seul ! dit Matteo, en secouant les cendres de son cigarillo, qui empestait.

Thomas n'avait jamais pu supporter les odeurs fortes de tabac, surtout maintenant que les espaces sans fumée étaient devenus la norme. Il se demandait comment ce club pouvait encore tolérer qu'on y fume.

— Je sais, dit Benoît, mais Thomas peut seul te donner le signalement du mec dont tu auras à t'occuper. Nous, on l'a plus revu depuis vingt ans, lui seulement depuis avant-hier.

— J'ai pas besoin de son signalement, seulement de son nom et de son adresse. Avec ça, je retrouverai sa trace facilement.

— Justement, son adresse actuelle, on la connaît pas. Son nom seul...

Matteo entraîna Benoît dans une pièce voisine. Thomas resta figé, étranger à ce cadre, à ces silhouettes anonymes qui ne faisaient pas attention à lui. Il avait soif, mais il n'osait commander un whisky. Jamais, il ne s'était senti aussi seul.

Benoît le rejoignit un moment plus tard.

— Tout est OK, dit-il. Quant au règlement, t'en fais pas. On se répartira ta part. Le gars n'a pas été trop gourmand.

Ils firent quelques pas dans les rues bruyantes, agressés par les odeurs de kebabs et des relents de musique entrechoqués. Un groupe de jeunes gens passait, écouteurs aux oreilles, les yeux rivés sur leurs smartphones, formant comme une procession silencieuse et indifférente.

— Tu dors où ? demanda Benoît. Si tu veux, il y a chez moi une chambre d'ami qui sert pratiquement jamais.

L'humiliation continuait à accabler Thomas.

Enzo fut sorti de son demi-sommeil en fin d'après-midi. Depuis la veille, il rongeait son frein, de plus en plus persuadé que Matteo préparait contre lui un mauvais coup. Il ne comprenait pas, ou plutôt il comprenait trop bien que la planque, magnanime, qu'il lui offrait, n'était pas autre chose qu'une prison. Il ne pouvait pas sortir, le contact avec l'extérieur lui était en quelque sorte interdit ; il n'avait même pas pu appeler Sofia, qui devait se faire un sang d'encre. Il la connaissait bien, elle n'allait pas tarder à se manifester auprès de Matteo sur Telegram, et ça ne ferait que compliquer un peu plus les choses. Une seule issue convenable : s'échapper, mais c'était impossible. La clef tournait avec un bruit sinistre chaque fois qu'on lui apportait à manger et aussitôt après le départ du serveur. Pas bavard, le serveur, avec une gueule d'enterrement et un refus systématique à tout ce qu'on lui demandait :

— Faut voir le patron. Moi, j'exécute les ordres, et pas plus !

— Je veux bien le voir, le patron. Dis-lui que je l'attends.

Mais Ben ne se montrait pas, attendant apparemment les ordres de Matteo, des ordres qui ne venaient pas. Il n'espérait plus sa venue quand, enfin, il parut, moins indifférent que d'habitude. Enzo eut l'impression de redevenir un être humain.

— Matteo avait d'abord prévu de t'envoyer réceptionner de la marchandise dans le port de Cassis. Il a changé d'avis. Il veut te voir tout de suite.

C'était un ordre et Enzo n'aimait pas la voix cassante de Ben. Il n'aimait pas non plus son regard, qui se dérobait maintenant. "Tu dois savoir comment tes pompes sont faites !" avait-il envie de lui crier. Mais il n'était pas, du moins pas encore, en mesure de faire des réflexions de ce genre.

Ben le conduisit jusqu'au parking de la place de la Liberté, le poussa dans un SUV hybride qui sentait le tabac froid.

— On va où ?

— Tu le verras bien !

Dans une sorte d'état second – les sandwichs trop épicés et le bourbon par-dessus passaient mal – Enzo se trouva devant un Matteo au visage impassible, son éternel cigarillo au coin de la bouche, sur lequel il tirait en faisant un bruit de succion.

— J'ai réfléchi, dit Matteo. Tu m'as demandé de te confier un dernier coup. Puis de t'envoyer au vert. C'est d'accord. Mais attention, il va te falloir des nerfs solides. Karim va te conduire assez loin d'ici.

— Où ça ?

— Il te le dira le moment venu.

— Pour quoi faire ?

— C'est une mission délicate. Adresse et surtout sang-froid. Après tout, du sang-froid, il t'en a fallu pour violer et buter une fille !

— Justement pas ! Je te l'ai déjà dit, j'étais bourré ! Je savais plus ce que je faisais !

La sueur envahit le visage d'Enzo ; il n'osa s'essuyer d'un revers de main. Il reprit, tout en sachant que cela était inutile :

— J'ai quand même le droit de savoir...

— Tout vient à point... Tu connais le proverbe.

Quand Matteo faisait ce qu'il croyait être de la littérature, tout était à redouter. Enzo insista :

— Il me faudra buter quelqu'un ?

— Tu le verras ! En attendant, ciao !

Puis, condescendant, redressant les épaules et secouant la cendre de son cigarillo avec une feinte désinvolture :

— Demain, si ça a marché, on t'expédiera à des centaines de kilomètres d'ici. À un endroit où les flics ne risqueront pas de te trouver, même avec la géolocalisation.

Enzo esquissa un sourire vite figé. Jamais Matteo ne l'avait autant impressionné. Jamais non plus, il ne lui avait fait plus peur. Il inclina la tête et demanda simplement :

— On part tout de suite ?

— Oui. Karim t'attend dehors.

La nuit était depuis longtemps tombée quand le canot à moteur électrique, piloté par Karim, démarra d'un endroit de la Côte que Enzo ne reconnut pas. Dans une sorte de torpeur, il s'était cependant rendu compte qu'en voiture, ils avaient roulé longtemps.

Karim restait impassible, sa conversation se bornant à des ordres brefs :

— Tu montes dans le canot. Je te donnerai les instructions quand nous serons arrivés.

Enzo avait bien fait quelques tentatives pour sortir de ce pesant mutisme, mais c'était peine perdue. Tassé dans le fond du canot, il avait froid, faim et soif mais, en même temps, il se sentait détaché de tout, comme si jamais rien ne s'était passé, comme si quelqu'un agissait à sa place. Et la question lancinante revenait : Karim l'emmenait-il au large pour le balancer à la flotte ? Ni vu, ni connu, l'assassin de Chloé Leduc ne serait jamais pris ; Matteo et sa bande pourraient continuer à se livrer à leurs petits trafics, sous l'œil inerte des pouvoirs publics. Résigné, Enzo se disait qu'il ne se débattrait pas, qu'il laisserait Karim agir, si celui-ci le basculait par-dessus bord. Au point où il en était...

C'est seulement quand le moteur ralentit et qu'il aperçut des lueurs le long de la côte que Enzo fut rassuré. Pas longtemps. Il calcula qu'une trentaine de minutes s'étaient écoulées depuis leur départ. Une trentaine de minutes... Où Karim allait-il le déposer ? N'était-il pas en train de lui monter la plus terrifiante comédie, pour l'abattre ensuite dans un fourré ? Un moyen commode de se débarrasser de lui, puisqu'il était évident qu'il devenait encombrant ? Mais non, ce n'était pas possible.

Karim descendit le premier ; Enzo se hissa jusqu'à lui.

— Et maintenant ? demanda-t-il, gorge serrée.

— Maintenant, je vais te dire ce que tu vas faire. Prends d'abord ça.

Ça, c'était le 9 mm qui gardait la chaleur de la main de Karim. Comme une chaleur humaine, et cette impression ajouta à son malaise.

— J'en fais quoi ?

Karim prit Enzo par le bras.

— Un contrat. C'est te dire si Matteo te fait confiance. Viens, je vais t'expliquer. Il vaut mieux qu'on nous voie pas ensemble.

— Un contrat ? Ici ? Et je repartirai comment ?

— Je t'attendrai. Et une fois le contrat rempli, je te ramènerai. Matteo te dira alors où tu pourras aller.

Des mots. Des mots qui perdaient tout sens, auxquels il était incapable de croire. La machine s'affolait, dans laquelle il était prisonnier. Et sa vitesse augmentait sans qu'il soit capable de l'arrêter.

Ils atteignirent un chemin étroit, bordé d'arbousiers et de lentisques.

— Je vais tout t'expliquer, reprit Karim. Ce que tu as à faire est relativement simple. L'essentiel est que tu restes calme. Tu te sens d'attaque ?

Pourquoi Karim le ménageait-il et lui parlait-il comme à un demeuré ? Ou on le jugeait capable d'effectuer ce qu'on allait lui demander ou on avait des doutes. Dans ce cas, à quoi rimait cette mise en scène ? Enzo ne répondit pas. Karim reprit :

— Avec ton flingue, tu ne crains rien.

— Me laisse pas tomber ! dit Enzo d'une voix blanche, après que Karim lui eut communiqué, enfin, les dernières consignes de Matteo.

Maintenant, il était seul, le jet de la lampe LED de son smartphone qu'il manipulait avec plus de dextérité qu'il ne l'avait craint lui traçant le chemin. Un chemin qu'il ne reconnaissait pas, qui ne le conduisait peut-être pas où il fallait. Et s'il allait se perdre dans les taillis et les broussailles ? Karim avait pourtant été fort explicite.

Et puis, se produisit l'imprévisible : un éclair brutal qui déchire le ciel et, l'espace d'une seconde, pare d'étranges couleurs bleu-mauve un paysage fait d'ombres, de moutonnements de verdure, d'étendues plates aussi ; un grondement sourd et, d'un seul coup, des poussées de vent violentes. Sans plus savoir vers quoi il se rendait, Enzo tenta de parer au plus pressé : se protéger au mieux de la pluie diluvienne qui, d'un seul coup, hachait le paysage dans un fracas presque étourdissant. Inutile de laisser la lampe allumée : les éclairs se succédant presque sans arrêt lui permettaient de se diriger sans patauger dans les flaques qui, déjà, se formaient. Pas le moindre abri à l'horizon, sauf certains arbres touffus, mais il se souvenait qu'enfant, on lui avait recommandé de ne jamais se réfugier sous un arbre pendant un orage, parce que, disait sa mère, les arbres attirent la foudre.

Sa tentation de rebrousser chemin fut très forte. Déjà, tant la pluie tombait serrée, il avait l'impression d'être sorti d'un bain tout habillé. Ces épisodes météorologiques extrêmes, de plus en plus fréquents, le terrifiaient. Où pouvait bien être Karim ? Et d'ailleurs, contrairement à ce qu'il lui avait dit, l'attendrait-il ? Mécanique régie par des impulsions étrangères à sa volonté, il continuait à courir sous l'orage et c'est seulement quand il aperçut la masse sombre d'une maison qu'il eut l'impression de reprendre possession de lui-même. La masse sombre : une illustration de conte fantastique dans le flamboiement des éclairs. Et pas la moindre lumière aux fenêtres, dont les volets étaient ouverts. Un fol espoir l'anima : il n'y aurait personne dans la maison qu'il reconnaissait, et ainsi, il n'aurait pas à remplir son contrat. Un instant cependant, il se dit que se réjouir trop tôt n'avait pas de sens ; il lui faudrait sans doute remettre ça une autre nuit. Et puis, il comprit : l'île était sans lumière à cause de l'orage qui ne s'atténuait pas.

Il s'arrêta tout net, en pensant à ce qu'il avait vu, enfant, pendant un orage aussi fou : un poteau électrique tombé sur le sol, une femme qui court, se prend les pieds dans les fils électriques inondés et qui meurt dans l'instant, électrocutée. Il tenta de se rassurer : ici, pas de danger immédiat d'inondation et pas de poteau électrique en travers du chemin. D'ailleurs, l'électricité n'était-elle pas coupée ?

Il continua à avancer vers la maison noire et sinistre sous l'orage. Dans ses vêtements détrempés, il avait froid ; les claquements du tonnerre, le bruissement des eaux lui donnaient soudain l'impression que ses tympans allaient éclater.

Il se sentit revivre quand il put enfin s'abriter sous l'auvent de la terrasse. Reprenant lentement l'usage de son corps, il frissonna, préoccupé par une pensée mesquine : qu'il rate ou qu'il réussisse sa mission, il en serait quitte de toute façon pour une bonne bronchite, celle qui le guettait tous les ans. Il pensa avec attendrissement à celle, carabinée, qui l'avait tenu de longues semaines au lit, pendant son adolescence.

Sans prendre conscience du temps, il resta un moment immobile, hésitant sur la solution à adopter. La plus tentante et la plus irréaliste : faire du feu dans une cheminée, se sécher. Ça devait être relativement facile, dans la mesure où le propriétaire des lieux serait absent. Se sécher devant un bon feu... Il y avait justement un amoncellement de bûches, non loin de lui.

Rien ne bougeait dans la maison ; s'il y avait eu quelqu'un, à l'évidence, une bougie ou une lampe serait allumée. Aucun bruit non plus, sauf celui des eaux autour de lui, comme si elles ruisselaient de toute part. Il hésita encore un instant, se frotta les bras et les épaules avec vigueur, puis se décida. Un bref jet de la lampe de son portable sur la porte ; il ne fut même pas surpris de la trouver ouverte. Dans cette nuit surréaliste, rien ne pouvait le surprendre.

Il pénétra dans une pièce à usages multiples : cuisine, salle à manger, bureau. Il vit la cheminée, dont la suie du fond brillait sous la lumière de son téléphone et il poussa un grognement de satisfaction quand il aperçut, dans le foyer, du papier, des brindilles et des bûches prêts à être allumés. Une chance, il trouva, sans avoir besoin de beaucoup chercher, une boîte d'allumettes sur le manteau de la cheminée et il poussa un soupir de plaisir quand les flammes commencèrent à jaillir. Il tendit les mains, une buée monta de ses vêtements. Il allait pouvoir se sécher, avant de tenter de retrouver Karim. Il poussa une chaise près du feu, posa sa veste sur le dossier.

Dehors, la tempête s'était apaisée ; il n'entendait plus que le bruissement atténué et maintenant rassurant des eaux. Il s'approcha du feu, éprouva jusqu'à la jouissance sa chaleur vive, attira le banc à lui.

Il n'eut pas le temps de s'interroger, ni de se précipiter sur sa veste pour se saisir du 9 mm. Il poussa un cri étouffé parce qu'un bras enserrait son cou, qu'une main brutale s'emparait de ses mains. Dans la quasi obscurité, la terreur lui fit perdre tous ses réflexes. Promptement ligoté sur une chaise, ébloui par le jet puissant d'une lampe torche fixée sur lui, il ne comprit ce qui lui arrivait seulement quand une voix dit :

— Maintenant, tu m'expliques. Et ne me dis pas que tu es entré ici à cause de l'orage. À d'autres moments, ça me donnerait envie de rire ! Tu as cinq minutes. Tu me dis tout ou je te balance dans la mer par-dessus les rochers !

Enzo fut tenté de ruser, puis pensa que la seule chance qu'il avait de s'en tirer était de déballer ce qu'il savait, même s'il ne savait pas grand-chose.

Le silence pesa pendant quelques secondes. Puis il craqua :

— Vous pouvez pas éteindre votre lampe ? Elle me fait mal aux yeux !

— Je l'éteindrai quand tu auras parlé.

— Alors, détachez-moi...

— Après.

La tension était telle qu'Enzo eut l'impression que les battements de son cœur se répercutaient dans toute la maison, faisaient un bruit infernal. Il murmura :

— Au point où j'en suis...

Et puis, d'un seul coup, comme on se délivre, et avec l'espoir de sauver sa peau, il dit tout : le contrat qu'il était chargé de remplir, le chantage dont il était l'objet de la part de Matteo, qui le menaçait de le livrer à la police pour le meurtre de Chloé Leduc, s'il n'exécutait pas ses ordres.

— Et tu devais me descendre, c'est ça ?

— Oui.

— Explique.

— J'ai tout dit. Je sais rien d'autre, je le jure ! On m'a donné un ordre, pas des explications. Pourquoi Matteo voulait votre peau, j'en sais rien. Un contrat, et rien d'autre.

— Et comment tu m'as trouvé ?

— On m'a conduit ici, sans me donner beaucoup d'explications. J'ai entendu par hasard une conversation entre Matteo et Karim. Ils avaient votre nom et pas votre adresse. Comment ils ont pu vous localiser, ça... Vous avez bien été consulter récemment un vétérinaire ? Pour des perruches étranglées ? Parce que c'était pas courant, ce vétérinaire en aurait parlé à un de ses collègues... Toujours par hasard. Lui savait où vous habitiez... Les perruches étranglées, c'était moi, pour brouiller les pistes.

— Et ton flingue, il est où ?

— À côté de vous, dans la poche de ma veste, là... Éteignez votre lampe, bon Dieu !

L'homme récupéra le revolver ; délivra Enzo, qui n'en crut pas ses oreilles quand il entendit :

— Fous le camp ! Tu n'auras qu'à dire que tu as trouvé la maison vide !

Enzo bondit, courut comme un dératé dans le chemin. Tout avait foiré, mais il n'avait pas été abattu, alors que ç'aurait été si facile... Il ne comprenait plus rien.

Il ne comprit pas plus quand le terrain, miné par les eaux, se déroba d'un seul coup sous ses pieds. Il alla s'écraser sur les rochers, quelques dizaines de mètres plus bas.

Après l'orage, un vent frais et un soleil ardent rendirent à l'île son aspect sauvage et ses odeurs si particulières, mélange de thym, de menthe, de terre mouillée et d'un parfum si familier à ses habitants, qu'ils ne le reconnaissaient plus.

Les touristes affluaient à nouveau. Après avoir erré un instant sur la place, un groupe d'enfants assaillait de questions le marchand de journaux.

— La maison de l'écologiste, c'est où ?

— La maison de l'écologiste ?

— Celui qui documente l'impact du changement climatique sur les oiseaux...

— Ah ! oui, la maison du guetteur ! C'est à la pointe Est. Vous pouvez pas vous tromper. Vous prenez le chemin, là, à gauche. C'est tout au bout. Mais je vous préviens, c'est assez loin.

— Ils sont habitués à la marche, dit un adolescent qui devait être le moniteur de ce groupe de garçons et de filles d'une douzaine d'années, un plan sur sa tablette, et l'air si sérieux que le marchand de journaux eut envie de rire. Il hocha la tête.

— C'est pas sûr que vous le trouviez, il est toujours par monts et par vaux. Surtout en cette période où les tout le monde se mobilisent pour guetter les possibles départs de feu. C'est que la sécheresse était telle, jusqu'à maintenant... Avec l'orage de la nuit passée, tout va sans doute rentrer dans l'ordre, même si ces épisodes météo extrêmes deviennent de plus en plus fréquents...

— Ça ne fait rien, on y va quand même. Les cages, elles sont dehors ? Et il y a beaucoup, beaucoup d'oiseaux ?

— Vous le verrez bien. Moi, j'suis jamais allé jusque chez lui.

La chaleur commençait à peser. Les uns derrière les autres, leur moniteur fermant la marche, les enfants s'avançaient, trouvant, mais aucun n'osait le dire, le chemin rude. Arrivées à quelques centaines de mètres de la maison, masse grise dans le bleu ardent du ciel, les filles s'arrêtèrent et se tournèrent vers le moniteur :

— Il n'y a plus de chemin ! Qu'est-ce qu'on fait ?

— On continue à avancer. Là, où il n'y a ni buissons, ni ronces.

Certains en rechignant, ils reprirent leur marche, soudain surpris :

— T'as vu ces oiseaux ? On dirait des perruches !

— Des perruches en liberté, ça m'étonnerait !

— Et pourtant, c'est bien des perruches ! Et d'autres oiseaux, de toutes les couleurs. Ils se seraient échappés ?

Effectivement, comme désemparés par leur liberté, de nombreux oiseaux éperdus voletaient autour de la maison, paraissant chercher refuge, points d'appui. Les branches bruissaient de leurs cris ; certains se débattaient, comme pris à un invisible piège.

— C'est incompréhensible, dit Alexis, le moniteur. On va voir. J'espère qu'on va pas se faire virer par le propriétaire...

— J'en ai guère envie maintenant, dit une fille. Il se passe quelque chose de pas clair...

— Trouillarde ! C'est toi qui nous as tous entraînés ici ! C'est pas le moment de flancher. Tu nous suis !

S'efforçant de faire le moins de bruit possible, ils se dirigèrent vers la maison qui ressemblait de plus en plus aux forteresses invincibles des contes de leur enfance. La porte et les fenêtres étaient ouvertes ; l'orage avait laissé des flaques dans le jardin qui précédait la terrasse ; des chaises entouraient une table vide.

— On dirait qu'il n'y a personne...

Tandis que les filles criaient : "Il y a quelqu'un ?", "Il y a quelqu'un ?", les garçons firent le tour du bâtiment, encouragés par un moniteur qui ne savait trop quoi faire.

— Personne ! Venez voir ! Les cages sont dans le hangar à côté et elles sont vides !

— Vides et les portes ouvertes ! Les oiseaux se sont échappés !

— Leurs mangeoires sont encore pleines de grain, dit Alexis.

— Peut-être que c'est fait exprès ? Le bonhomme lâche ses oiseaux et ils regagnent leur cage pour manger ? J'ai vu ça dans une vidéo YouTube !

— Ça m'étonnerait. Pas des oiseaux comme ceux-là.

— Et si on avait voulu faire du mal à l'écologiste ? Il est pas là et quelqu'un a pu en profiter pour libérer ses oiseaux. Ici aussi, il y a peut-être des gens que les écolos dérangent ?

— Alexis, on peut visiter la maison ?

Les uns derrière les autres, ils inspectèrent les pièces une à une. Force leur fut de constater que la maison était désespérément vide. Vide, mais surtout inhabitée, sinon abandonnée pensa le moniteur. Le lit sans drap, ni couverture, la vaisselle rangée dans un placard, le sol balayé. Comme si son propriétaire avait quitté la maison du guetteur en laissant tout ouvert.

Alexis ne s'était pas rendu compte qu'il parlait tout haut et une fille ajouta :

— Et en relâchant ses oiseaux ! Qu'est-ce qu'on fait ?

— Encore une fois le tour de la maison. Et si il avait eu un accident ? Il est peut-être blessé ?

Un garçon suggéra :

— Il a pu tomber sur les rochers, là-bas, au bout du jardin, ou encore dans la mer...

— S'il ne connaissait pas les lieux, peut-être, dit Alexis, mais ça m'étonnerait...

— Venez voir !

Sur la table se trouvait un gros cahier relié en toile. À côté du cahier, une enveloppe était posée.

— Elle n'est pas cachetée, dit Alexis. Deux noms sont inscrits sur l'enveloppe : adjudant Moreau et gendarme Dutertre.

— Alexis, on peut la lire, puisqu'elle n'est pas cachetée ?

— C'est indiscret, dit Alexis, avec l'impression de parler une langue inconnue à ces enfants qui le regardaient curieux, presque avides.

— C'est vrai, dit-il, songeur. Puisque l'enveloppe n'est pas cachetée...

L'écriture était belle, régulière :

Je quitte définitivement Mirande. S'il y a lieu, je donnerai à mon notaire les instructions afin que la maison du guetteur soit vendue ou mise à la disposition d'une association caritative. Je pensais que dans l'île, avec mes oiseaux, je pourrais accepter un minimum de vie, y reprendre goût. Je sais aujourd'hui que c'est impossible.

Quand vous aurez parcouru mon cahier, j'espère que vous comprendrez et la nécessité pour moi de quitter la Côte d'Azur, et toutes mes motivations, même si je suis contraint d'abandonner sans l'achever la tâche de salubrité publique que j'ai entreprise.

J'ai perdu ma dignité d'homme il y a vingt ans et mon corps porte toujours les traces de ce que j'ai subi alors. Des traces telles que je n'ai plus osé approcher une femme depuis. Pendant tout ce temps, j'ai imaginé le regard d'effroi qu'elles auraient pu porter sur moi. Je sais aujourd'hui que je ne me remettrai jamais de l'humiliation subie alors, même si le mot est bien faible, encore moins d'une autre encore plus vive, le classement de l'affaire, faute de témoignages, parce que j'avais osé porter plainte. J'ai mesuré alors jusqu'à quel degré incommensurable peut descendre la lâcheté humaine.

Pourquoi avoir attendu vingt ans ? Les plaies ne se cicatrisaient pas, certes, mais mes activités, mon éloignement de ce qu'on appelle communément la civilisation me maintenaient dans une sorte de détachement. Le volcan paraissait éteint, si vous me pardonnez ce facile jeu de mots. Et puis sont survenus les événements récents, dont tous les médias et réseaux sociaux ont abondamment rendu compte : dans un camp d'entraînement militaire, des gars ont été humiliés, battus, violés, bref peut-être traumatisés à vie. Comme moi. Les médias ont alors mis en parallèle les bizutages qui, de nos jours, continuent à être pratiqués dans certaines grandes écoles et desquels l'Administration avec un grand "A" détourne hypocritement les yeux. Tout m'est alors revenu, comme si l'on me torturait une nouvelle fois. Les plaies à vif. C'était insupportable.

Alors, j'ai pris la seule disposition qui s'imposait et que j'avais mûrie sans jusque-là la mettre à exécution : éliminer ceux qui m'appelaient par dérision Moustique et de qui, deux semaines durant, j'ai tout subi.

Patiemment, grâce à Internet et aux réseaux sociaux, j'ai réussi à retrouver la trace de la plupart d'entre eux. Très vite cependant, je me suis rendu compte que les abattre de sang-froid ne me guérissait pas, ne m'apaisait pas : le spectacle de leur mort, si désolant qu'il fût, était sans commune mesure avec ce que j'avais subi. Trois sont morts, certes, mais sans peut-être comprendre pourquoi et, surtout, sans avoir souffert. Souffert comme moi, dans ma chair et dans ma tête. J'ai craqué avant le quatrième que je n'ai pas abattu : alcoolo, tyrannisé par sa femme, il était déjà mort à mes yeux.

J'ai rompu alors le cycle infernal de la vengeance ; je me suis arrêté au milieu du gué. Pas parce que les survivants ont lancé un petit *tueur sur mes traces, mais parce que je me suis finalement fait horreur. Un pauvre minable, le tueur, incapable d'exécuter son contrat et dont vous trouverez le corps quelque part sur les rochers de Mirande. Un accident. Évoquer la justice immanente prêterait à rire. Vous le recherchiez, je crois ; il est à vous. J'ai rendu la liberté à mes oiseaux ; c'était à eux seuls que j'étais attaché. Ce faisant, j'ai conscience que peu survivront. Du moins leur reste-t-il une chance. Comme à moi.*

Je quitte ce pays où les mœurs du Moyen-Âge sont toujours tolérées, hypocritement camouflées sous le beau nom de tradition. Ça ne changera jamais, j'en ai peur, à moins de modifier la nature humaine.

Vous pouvez lancer sur mes traces toutes les brigades du monde, vous ne me retrouverez pas. Pas vivant en tout cas. Nous vivons une époque moderne, comme le dit sur les réseaux un journaliste inspiré, dont j'approuve les coups de gueule.

Lentement, Alexis replia la lettre. Impressionné, il restait silencieux.

— Si on regardait ce qu'il y a dans ce gros cahier, dit-il enfin aux enfants déçus.

— C'est plein d'articles imprimés des sites d'info et collés, dit une fille.

En haut de chaque feuille, le titre du site et la date de publication étaient calligraphiés.

— Le dernier date du début du mois, reprit-elle.

Alexis prit le cahier, hésita à lire l'article à haute voix. Les gamins, dont il avait la charge pendant les vacances, comprendraient-ils ? Il s'y risqua :

Les dérapages incontrôlés des bizutages

Bizut : nom donné dans certaines grandes écoles aux élèves de première année.

Bizutage : cérémonie estudiantine d'initiation des bizuts, comportant des brimades.

Telle est la définition que donne Le Petit Robert d'une pratique qui sévit dans les grandes écoles, les établissements d'enseignement de haut niveau, dans certains collèges religieux de prestige aussi. Définition très édulcorée d'une pratique officiellement interdite par une loi de 1928, loi allègrement bafouée depuis, avec l'indulgence, parfois la complicité des responsables de ces établissements. Car les brimades amusantes, comme exiger des bizuts qu'ils vendent du papier toilette aux passants dans les rues, ou leur jettent de la farine au visage, ou bien encore peinturlurer les bizuts et les faire s'exhiber tout nus sont devenues, au fil des ans, de surenchère en débordement, de véritables sévices.

Les règles sont simples. Pour pouvoir s'intégrer au groupe des anciens, tout nouveau doit subir un certain nombre d'épreuves. Après quoi, les ayant subies sans se révolter, il est admis dans la grande fraternité à jouir de tous les avantages réservés aux anciens : accès aux photocopiés et aux chambres du centre, inscription dans l'Annuaire des anciens élèves, réseau de relations indispensables pour une future vie professionnelle réussie, etc... Tout rebelle est banni, traité en paria, mis en quarantaine tout au long de l'année scolaire avec une implacable rigueur. D'année en année, le bizutage est devenu, dans la plupart des établissements, une sorte de parcours du combattant odieux : obligation d'avaler des nourritures immondes, de ramper sur des excréments, de lécher les cuvettes des WC, sans parler des sévices sexuels que subissent indistinctement filles et garçons, d'autant plus humiliants qu'ils sont infligés surtout aux plus faibles. "Quand on intègre un groupe, dit un étudiant, il faut se plier à toutes ses traditions".

Certains éducateurs prétendent même que le bizutage permet en quelque sorte une sélection naturelle et équitable. Les moins aptes à se plier aux épreuves s'écartent d'eux-mêmes.

Une véritable conspiration du silence règne. De crainte d'être bannis, les élèves, dans leur plus grande majorité, se taisent, même les plus traumatisés. Quand ils sont mis dans la confidence, ce qui est rare, les parents hésitent à porter plainte ; quand ils s'y risquent, les affaires sont presque toujours classées sans suite, faute de témoins, tant la crainte des représailles est efficace. Car ces représailles, encore plus dures que les épreuves elles-mêmes, font taire les plus hardis. Enfin, les chefs d'établissement s'abritent le plus souvent derrière des "traditions", auxquelles, malgré la loi, personne jusqu'ici n'a vraiment osé s'attaquer.

Il semblerait que l'opinion publique, enfin alertée par les médias et les témoignages diffusés sur les réseaux sociaux, prenne enfin conscience de l'ampleur du phénomène et de sa vraie signification, hypocritement cachée sous des apparences bon enfant.

Personne n'a encore osé chiffrer le nombre d'élèves traumatisés à vie, les dépressions nerveuses, les brûlures, les fractures diverses, les vocations brisées, aussi. Une telle atteinte à la dignité humaine n'est plus tolérable ; il semblerait qu'en haut lieu certains se préoccupent de la non application de la loi de 1928 ; un projet de loi vient d'être déposé sur le bureau de l'Assemblée, responsabilisant enfin les chefs d'établissement et même les préfets, qui s'abritent trop souvent derrière le texte de loi qui ne les autorise à intervenir qu'en cas de "trouble à l'ordre public".

Alexis avait donc lu l'article à haute voix, sans susciter l'émotion qu'il redoutait. Certains, trop jeunes, paraissaient ne pas comprendre.

— C'est comme ce que mon cousin m'a raconté sur le passage de la ligne dans la marine, dit une fille. Quand les bateaux franchissent l'équateur, ils font subir des épreuves aux marins qui ne l'ont jamais traversé avant. Mon cousin m'a montré des photos où ils sont couverts de substances dégueulasses et doivent faire des trucs humiliants. Sauf que là, c'est encore pire. Torturer des filles et des garçons pour rire... C'est comme du harcèlement, mais en vrai et en groupe.

Alexis tenta de leur expliquer ce qu'il venait de leur lire. Tout en parlant, il feuilletait le gros cahier. L'article qui ouvrait le cahier retint son attention. Il était jauni, vieux de vingt ans, s'il en croyait la date inscrite au-dessus, entouré d'un trait rouge, illustré par une photo représentant des garçons et des filles nus, couverts de boue de la tête aux pieds, groupés en cercle et ressemblant à des statues. Il le parcourut rapidement, le relut avec attention, mais pas à haute voix.

Un bizutage qui tourne mal

À l'école vétérinaire de la rue Berlioz, un incident qui aurait pu avoir des suites tragiques s'est produit l'autre nuit, lors d'un bizutage, une tradition discutable mais bien ancrée dans les mœurs, hélas !

Raphaël D. venait d'être admis à l'école vétérinaire après avoir brillamment réussi ses examens. Comme dans beaucoup d'établissements de haut niveau, le bizutage y était élevé depuis longtemps à hauteur d'une institution. L'exceptionnel, c'est que là, deux longues semaines sont nécessaires aux anciens pour se défouler car, de maître à esclave, plus on humilie les nouveaux, plus on se sent fort. Et pour certains, hélas, la surenchère est de rigueur.

Raphaël D., surnommé Moustique par dérision sans doute, ne s'est pas rebellé et a subi les premières épreuves dites d'initiation. Des épreuves de plus en plus contraignantes d'où, selon des renseignements puisés à bonne source, les sévices sexuels ne sont pas absents. Jusqu'à la cérémonie finale, appelée "baptême". Un baptême raffiné, concocté par des esprits imaginatifs particulièrement pervers.

Cette séance spéciale a lieu dans une salle louée pour la circonstance, bien à l'abri des regards indiscrets. Tous les anciens sont là, solennels et figés. Raphaël D. est introduit. On lui bande immédiatement les yeux. Puis, dans un silence absolu, des mains habiles et parfois caressantes commencent à le déshabiller. Il a envie de hurler, mais il est à ce point paralysé qu'aucun son ne sort de sa bouche.

— C'est la dernière épreuve, lui dit une voix déformée. Tu vas être marqué au fer rouge. Comme nous le sommes tous. Après quoi, tu seras définitivement des nôtres. Couche-toi !

Il obéit, maladroit, la sueur colle son dos au carrelage glacé. Le silence pèse, interminable. Tétanisé, Raphaël D. pousse un léger cri quand un liquide tiède est versé sur son ventre, sur son sexe, sur ses jambes, un liquide à l'odeur désagréable et entêtante. Il perd presque contact avec la réalité. Il a cependant conscience de trembler ; des mains dures et chaudes le maintiennent au sol.

La voix crie encore :

— Le fer rouge !

Dans la réalité, c'est seulement un briquet allumé qui est approché de sa cuisse. Ce qui s'est passé réellement alors, nul n'est en mesure aujourd'hui de le dire. Le liquide ne s'était-il pas entièrement évaporé ? D'un seul coup, la flamme du briquet a embrasé le bas-ventre et les cuisses de Raphaël D. En quelques instants, le supplicié est transformé en torche vivante. À ses hurlements répond la panique des bizuteurs, qui courent dans tous les sens. Ne perdant pas son sang-froid, l'un d'eux jette sa veste sur ses jambes, éteint les flammes. Un peu plus tard, un autre le transporte dans sa voiture jusqu'à l'hôpital le plus proche. Inconscient, il gémit tandis que le conducteur, paniqué, répète :

— Gueule pas ! C'est rien ! Gueule pas !

Trois semaines d'hospitalisation. Et une plainte qui aboutit à l'inculpation de six élèves de l'école : Maxime L., Lucas L. Olivier V., Thomas T., Julien C., Benoît C. Hélas pour Raphaël, sa plainte n'a pu aboutir, faute de preuves. Personne n'a rien vu, personne ne sait rien. L'affaire sera vraisemblablement classée sans suite. Définitivement traumatisé, Raphaël D. ne reviendra pas à l'école. Aux dernières nouvelles, il chercherait à s'inscrire à une école de journalisme.